O REI DAS ORQUÍDEAS

Maria Anna Machado

O REI DAS ORQUÍDEAS

1ª Edição
POD

Petrópolis
KBR
2013

Edição de texto **Noga Sklar**
Editoração: **KBR**
**Capa KBR sobre imagem de Arne and Bent Larsen,
Haarby, Denmark, Orchid collection of Arne and Bent
Larsen, Odontocidium Yellow Dream, fotografada entre
1990 e 2010 (Arquivo Google).**

ISBN: 978-85-8180-094-3

KBR Editora Digital Ltda.
www.kbrdigital.com.br
atendimento@kbrdigital.com.br
55|24|2222.3491

B869.3 - Ficção e contos brasileiros

Maria Anna Machado é pintora por nascimento e escritora por adoção. Suas pinturas são sua alma, seus escritos seu coração. Completou oitenta anos e se voltasse a nascer não mudaria um minuto sequer, pois todos foram vividos com intensidade, serenidade e amor. Pela KBR, publicou o romance *Atlants — atol das formigas*.

E-mail: m-anna-m@hotmail.com

Sumário

A ARVOREZINHA

Era uma paixão que virou mania. Toda fruta que comia, se tinha semente, guardava e plantava no fundo do quintal de casa. Laranja, abacate, ameixa, romã, manga, caqui, tudo, enfim. Tudo era enfiado em qualquer pedaço de terra, e era um prazer acompanhar a força da natureza retorcendo as delgadas sementinhas, frágeis aos olhos, mas que se erguiam com uma voracidade feroz por entre os torrões e exibiam suas minúsculas folhinhas de um verde cintilante.

Reconhecer as pequenas formas era uma delícia. Não havia uma sequer que não fosse reconhecida, isso, sem falar nas sementinhas que se erguiam junto ao pequeno caule e só ao serem lançadas fora pelas pequenas folhas é que caíam. E aí, um dia, aquelas duas folhinhas ásperas, como duas pequenas mãos juntas, parecendo agradecer o fato de estarem vivas, me surpreenderam.

É caqui, não... pera, também não.. carambola? Nada... todo o meu conhecimento foi em vão, não a reconheci, mas, ou talvez por isso mesmo, tornou-se a rainha do pequeno quintal, onde muitas outras brotavam e seguiam para lugares mais apropriados, ou nem sequer vingavam.

Ficou ali, no mesmo lugar onde brotou. E mexia comigo... Ali, enfiei um tamarindo... é isso, um tamarindeiro! Mas comprei tamarindo na feira e as folhas, já secas, presas ao galho do fruto, não eram iguais às de minha plantinha.

Não conseguia lembrar o que havia plantado ali. Mato, não podia ser. A terra havia sido trocada, e arada, e peneirada. Como eu plantava as sementes a esmo, nunca sabia onde estava uma em particular, e com esta não era diferente. Realmente, eu não sabia o que era.

Passaram-se dez anos.

As sementinhas que gerei, meus filhos, já estavam bem grandinhos; os problemas econômicos, nossos e do país, nos forçaram a uma mudança e a casa teve que ser vendida. O único pedido que fiz ao novo dono foi para que não cortasse a arvorezinha, que já estava com quase um metro de altura, mas parecia frágil, não muito adaptada àquele solo. Como estava bem no fundo do quintal, não seria difícil que a poupassem de prováveis limpezas.

Passaram-se outros dez anos.

Vez ou outra, eu passava por uma avenida, não muito longe da casa, e, aos poucos, via uma pequena copa se sobressaindo entre as outras. Era a arvorezinha. Sabia que o dono era o mesmo, e prometia a mim mesma ir até lá, mas nunca me "sobrava" tempo.

As tribulações de uma família grande e outras mudanças consumiram mais dez anos. A mania tinha arrefecido, mas eu ainda buscava, no palmo e meio de terra que conseguira agregar ao estreito corredor de cimento de minha nova casa, as provas de novas sementinhas brotando. E foi assim que uma nova plantinha estranha começou a crescer naquele ridículo pedacinho de terra. Já havia muitas crescendo, goiaba, caqui, maracujá, araçá e varias outras, até pau-brasil... Mas o que seria aquilo?

A lembrança voltou, arrebatadora, trazendo à memória aquela outra plantinha de trinta anos atrás. Desta vez, não esperei muito; assim que ela cresceu um pouco e já mostrava algumas folhas — que realmente intrigavam, parecendo um alienígena, cabeça alongada, corpo fino, pernas, braços, muito estranhas mesmo —, peguei com muito cuidado uma delas, coloquei entre duas folhas de papel e enviei para o Jardim Botânico de São Paulo, no Ibirapuera, com a pergunta: "De que espécie é essa minha plantinha?"

Alguns dias depois, chegou a resposta: "Sua plantinha é um ingá."

Puxa, eu nunca tinha visto um ingá! Então, com certeza, a semente veio com a terra que o jardineiro do prédio em frente me deu para fazer o canteiro. Só podia ser isso.

Então veio a vontade irresistível e insuportável de saber algo sobre aquela outra arvorezinha. Eu tinha voltado a morar na mesma cidade, não muito longe da antiga casa. Resolvi ir ver se ela ainda estava lá. Peguei o carro e fui.

De longe, fui vendo a copa de uma árvore enorme, que se sobressaía de tudo à sua volta, bem no lugar da minha pequena arvorezinha. Com o coração acelerado, estacionei em frente à casa, agora uma escola infantil. O prédio alto não deixava vê-la da rua. Toquei a campainha. Uma jovem abriu o portão e perguntou o que eu desejava. Não sei se entendeu direito o que balbuciei, mas abriu o portão e fui entrando.

Passei pelo corredor lateral e então parei de ouvir as palavras da moça que dizia ter alugado a casa, comecei a ver a arvore, enorme, um tronco grosso e formoso, com uma pequena cerca à sua volta para proteção e lá em cima galhos e mais galhos, talvez a quinze ou vinte metros de altura.

A emoção fechou minha garganta. Cheguei bem pertinho daquela árvore tão estranha, tão minha, e levantei os olhos em busca de uma flor ou fruto. E lá estavam eles. Na pontinha de galhos altíssimos, por isso inalcançáveis e protegidos de mãos ávidas, três pequenos e um tanto raquíticos jatobás.

Suas cascas grossas e rugosas, daquele marrom avermelhado, brilharam para mim, tenho certeza, pois o abraço apertado que dei naquele tronco rugoso, áspero e cheiroso, chegou até eles. O cheiro bom e o gosto farinhento do jatobá que eu havia trazido do interior de São Paulo voltaram a encher minha boca de água, e então me lembrei do caroço que ficara enterrado por tanto tempo que não me lembrei de tê-lo enfiado ali, pois ele também, estranhando o solo tão diferente, demorou tempo demais para germinar.

Saí leve e agradeci, tão bom ver uma árvore tão linda.

Mais alguns anos se passaram. Mudei de país, tenho muitas árvores à volta de casa, ainda planto sementinhas. E a lembrança da minha arvorezinha faz de mim uma velha feliz.

A GOTA D'ÁGUA

Descobriu-se viva no seio aveludado e aconchegante da ávida folha de inhame e, no embalo da brisa cálida, a vigorosa folha fremia levemente, fazendo-a tremer; o brilho do sol a tornava um pequeno brilhante líquido. Esparramava-se languida e maleável, acompanhando o leve balanço da folha. Deveria sair logo dali, pois o calor do sol tornaria difícil sua permanência naquele ninho delicioso.

Aproveitou um solavanco mais forte, despediu-se com um afago e escorregou da bela folha, pelo grosso caule, indo esparramar-se no chão de cimento. Um fiozinho d'água escorria logo ali e ela aproveitou. Juntou-se às outras gotas e, como numa procissão de rezadeiras, saíram cantarolando portão afora.

Seguiram pela sarjeta e logo depois desceram pelo bueiro escuro. Ficou quieta, e de repente se viu num pequeno córrego que serpenteava por um terreno baldio. Ao lado, vários barracos. Ficou observando e seguia com as outras, tranquila, quando uma garota com um copo de vidro a levantou junto com outras gotas e dirigiu-se para um dos barracos, que ficava quase em cima do córrego. O copo foi colocado sobre uma mesa rústica e uma pequena flor amarela juntou-se às gotinhas.

Pouco tempo depois, um sujeito mal-encarado agarrou o copo e jogou tudo fora, água e flor. Sua voz áspera ressoava pelo espaço: "Só tem um copo na casa pra beber água e a peste dessa menina usa pra colocar essa droga de flor amarela, fedida e feia que nem a peste". A pequena flor, dessas que viram um penacho redondo e as sementinhas quando secam se esparramam pelo mundo, voando como pequenos duendes de paraquedas, estatelou-se no chão.

A gota d'água, mais viva do que nunca, desembaraçou-se da pobre florzinha e agarrou-se numa pequena haste de capim. Um movimento brusco sacudiu o capim e ela foi subindo, foi alto, muito alto, junto com o capim no bico de um pequeno pássaro. Não teve medo da altura, afinal sua mãe, a nuvem, vivia mais alto ainda.

Afinal, quando chegaram ao ninho, o capim foi cuidadosa e firmemente entrelaçado aos outros galhinhos secos, a gotinha escorregou, escorregou, infiltrando-se por entre os galhinhos secos e penas, encontrou um ramo delgado e, deslizando por ele, chegou ao chão.

Amoldou-se a um pequeno pedaço de pedra sobre o chão, espreguiçou-se e, tranquila, ficou observando o novo espaço, ao lado da árvore com o pequeno ninho. Não durou muito a sua paz. Um ruído ensurdecedor passou zunindo sobre ela e uma serra enorme derrubou a linda árvore, com seu ninho e flores. Nem teve tempo para se revoltar. Foi arrebatada, junto com o monte de terra, pela goela de uma enorme escavadeira e jogada aos trambolhões num pequeno lago.

Chacoalhou-se toda, como faz um cãozinho molhado, e, tirando os vestígios de terra, aconchegou-se às companheiras. Depois de algum tempo, novamente, algo estranho acontecia. Todas começaram a ficar verdes, fedidas, não podiam respirar direito. Com muito esforço, conseguiu agarrar-se a uma garrafa verde, que, muito leve, corria pra cá e pra lá flutuando na sujeira.

Por fim, a garrafa parou em um monte de detritos e logo depois uma velha maltrapilha a agarrou juntou-a a outras dentro de um saco e as levou todas para um depósito. A gotinha d'água dentro da garrafa começou a definhar.

Sonhava...

Ah!... Se pudesse voltar para seu pai, o mar, com certeza ficaria lá para sempre. Mas isso, agora, não dependia só dela. Fora um sonho pensar que sozinha poderia conhecer mundos diferentes, viver grandes aventuras. Tão pouco tempo e já sabia como era difícil viver só.

Alguém pegou aquela garrafa, enfiou numa sacola e retirou-se rapidamente. A gotinha, sacudida lá dentro, julgou ter chegado seu fim. Depois de algum tempo, o ruído de um trem chegou até ela dentro da garrafa, onde o sufoco já era desesperador.

Depois de um silêncio incômodo, pois lá dentro nada se via e a incerteza era pesada demais, sentiu-se perdida. A garrafa foi retirada da sacola e sacudida violentamente, para tirar as sujeiras de dentro junto das quais a pequena gota d'água se estatelou na areia.

Ainda meio desfalecida pelo tombo e pelo desconforto, sentiu-se amparada e prazerosamente deixou-se levar pelas águas frescas e espumosas das ondas mansas de seu pai, o mar, que generoso a recolhia, sem pedir explicações.

A REFINARIA DE CAPUAVA

O garoto, cismarento, caminhava chutando paus, latas, pequenas pedras, com jeito pra não machucar o dedão; chutava, enfim, tudo que lhe parecesse um obstáculo. Resmungava baixinho, dizendo palavrões a cada chute, como se fossem pessoas e não objetos sem vida os que sofriam seus reflexos nervosos. Não levava nada nas mãos, que permaneciam firmemente cruzadas às suas costas, com se com aquele gesto quisesse mostrar a decisão firme, tomada há algumas horas, e que o transformara completamente.

Não era mais um garoto de cabelos de Bom-Bril, incríveis olhos cor de mel e um sorriso amargo e meigo a um tempo só. Rugas precoces vincavam sua testa, com uma profundidade estranha para um garoto de quinze anos. Os pensamentos se atropelavam, pesando e fazendo pender sua cabeça que se curvava sobre o peito.

Andava e resmungava:

— Danada de vida, vou me mandar por aí, nem sei pra onde, só sei que pra casa não volto mais!

Iria completar dezesseis anos no próximo mês, analfabeto de pai e mãe; se tivesse carteira profissional, provavelmente já teria o registro de bons cinco a seis anos de trabalho. Trabalhava como servente do pai — pedreiro de pequenas casas toscas, dessas que brotam como por encanto e se multiplicam pelos milhares de vilas que surgem da noite para o dia formando canteiros desordenados e de tons barrocos, por todos os incontáveis morros de Mauá e Capuava —, que em todas as casas que construiu serviu-se do filho como ajudante: um servente cômodo, não remunerado, que era surrado se não trabalhava a contento e estava bem à mão, não tendo como livrar-se do serviço. Mais certo seria dizer "escravo", pois como tal era tratado.

As mãos ásperas, enrugadas e descascadas pela cal virgem, pelos milhões de tijolos carregados, continuavam cruzadas nas costas, exprimindo no gesto a decisão firme, irrevogável, de partir. Dentro de sua cabeça as imagens de sua vida pesada e angustiantemente igual, dia após dia, vinham-lhe em fragmentos vivos e doloridos. As fugidas rápidas até o bar do seu Chico e sua TV formigavam agora em vídeos próprios, cenas truncadas de palhaços em cambalhotas, cavalos correndo em filmes de bangue-bangue, cantores desconhecidos, foguetes indo pra lua, cachorros falando, heróis encapuzados sempre salvando a todos (menos ele), música, palmas de pessoas invisíveis, comerciais de comidas gostosas (ai, que fome) colchões macios, comida... comida... roupas quentinhas...

Um arrepio de frio lembrou-lhe a velha blusa, tão grande (a mãe ganhara da patroa), onde conseguia enrolar-se todinho e que ainda naquela manhã esquecera no terreno baldio, onde, roubando alguns minutos da hora do almoço, ficara vendo o jogo de alguns garotos numa pelada tão gostosa que o fez esquecer o tempo... e a blusa, motivo da surra dupla: a espera do pai no trabalho e a blusa perdida, motivos da fuga agora iniciada.

Seus pensamentos continuavam como vídeos doloridos. A figura do pai, onipresente, aparecia-lhe como um Deus todo-poderoso, dando sempre a palavra final em qualquer situação. Não havia meio, pelo menos em casa, de fugir-lhe ao controle; e ainda menos no trabalho. A mãe ele via tão pouco que já não saberia descrevê-la. Ela saía cedinho de casa para limpar casas alheias, e só voltava à noitinha.

Ele gostava mesmo era das guloseimas que ela trazia nas sacolas, sempre havia uma sacola com comida chegando pelas mãos da mãe sempre apressada, sem tempo para afagos; iam para o estômago e ali só havia tempo para a digestão, não para a gratidão.

Os irmãos, todos menores, só lhe davam trabalho: "Ajuda teu irmão co'o balde! Leva tua irmãzinha pra escola!" Ah! A escola... coisa de sonho...

Os únicos momentos só seus eram por volta das 7 da noite, quando voltava do bar do seu Chico aonde ia buscar o pão e o cigarro para seu pai e ficava um tempinho vendo a TV. Deixava o cigarro na soleira da porta, onde o pai se sentava para fumar, levava o pão para dentro e passava furtivo, indo até o fundo do quintal, onde, numa pilha de tijolos, empilhados por ele de forma especial, tinha um lugar só seu — porque até sua cama ele repartia com a avó. Do seu improvisado mirante, ficava admirando os clarões que as labaredas da chaminé da longínqua Refinaria de Capuava, lançavam sobre o céu negro, sempre carregado de poluição, e que drapejavam em dobras tingidas de laranja e pareciam precipitar-se pelo barranco onde terminava o terreno.

Todos que moravam por ali trabalhavam na Refinaria, e ele sonhava poder um dia ir também, mas tudo parecia tão distante agora. Até sua zanga começava a arrefecer. O cansaço era grande, a Vila Zaira, onde ficava sua casa, era do outro lado de Mauá; até ali era uma façanha e tanto. Dessa vez a surra havia sido dura, tinha abalado sua natural docilidade. Uma ânsia incontida, algo que não saberia explicar, espicaçava sua vontade de ir andando.

Suas pernas continuavam a levá-lo cada vez mais longe, já devia estar perto da Refinaria — a qualquer morro escalado, toparia com ela. Já tentara fugir outras vezes, mas ao se deparar com os reflexos cada vez mais fortes, sentia-se temeroso e, virando as costas, acabava voltando apressado, pela trilha ainda clara.

Desta vez não iria voltar. Resolveu cortar caminho; com medo de encontrar algum conhecido, saiu da trilha que indicava o alvo rubro e bruscamente enveredou pelo capim áspero, recoberto de um pó que ao seu passo apressado se levantava e fazia cócegas em sua garganta. Estava cansado, a fome doía no estômago vazio, os braços cruzados, agora no peito, para evitar o frio e a umidade que já haviam chegado com a noite. Zonzo de sono, cambaleava aos tropeços. Estava perdido! Tinha certeza disso.

Parecia que andava às voltas, pois às vezes a luz da Refinaria ficava às suas costas, e de repente, ao levantar a cabeça, o clarão bruxuleante reverberava à sua frente; então, assustado, se virava e seguia para o lado em que pensava estar sua casa. Nesse vaivém o tempo era consumido, talvez pelo fogo rubro que clareava a noite assustadora: *Vou subir só mais esse morro, se não encontrar o caminho pra casa, deito aqui mesmo e não levanto nunca mais.*

O morro virou montanha, as pernas eram de pau, os olhos de chumbo. Somente o desejo de saber o que havia do outro lado o levava ladeira acima. Mais alguns passos e lá de cima quem sabe veria sua casa, aí ganharia forças e sairia correndo. A mãe e o pai, com o susto, não iriam lhe bater... hoje não! A vó, ah, ela lavaria seus pés doloridos, daria algo quente e gostoso para que ele se cobrisse, se deitaria ao seu lado e como em outras noites lhe contaria historias de dragões, de fadas, de saci, de castelos encantados, onde tudo era diferente daquilo que se conhece. E apesar da canseira, ele não dormiria; era bem melhor sonhar, ouvindo aquelas coisas que para ele soavam estranhas e sem sentido.

Chegou até o alto sem levantar os olhos. E se fosse outro morro vazio, áspero, igualzinho àqueles que tinha deixado pra trás? Sentiu as pernas fraquejarem. Não podia enxergar mais que alguns palmos adiante do nariz, o céu branco da madrugada sumindo dentro da cerração tingida de rosa que envolvia também seu corpo entorpecido, murchando-o com um balão de tocha apagada. Uma lágrima rolou, derradeiro breu que despencava da tocha extinta; escorregou sobre uma moita de capim, os olhos se fecharam, a boca entreabriu num suspiro agoniado e ele se esparramou no capim gelado.

Não dormiu muito. Um primeiro raio de sol penetrou nas grades ruças das enormes pestanas, brincou na pequena nesga do olho entreaberto e refletiu-se no cérebro, acordando-o. Rápido "ouvindo" o chamado áspero do pai, levantou-se a meio e estacou: não estava em sua cama. Seu corpo, dormente pelo frio, estava enformigado, exigindo esfregadelas rápidas e enérgicas que, instintivamente, começou a fazer.

O raciocínio também estava um tanto entorpecido, demorou a dar-lhe os dados necessários para a explicação do ambiente estranho. Aos poucos, a lembrança da fuga voltou, e com a fome apunhalando o estômago vazio, procurou em volta vestígios de algum caminho conhecido. Foi então que seus olhos se arregalaram de espanto e medo, com a visão alucinante à sua frente, no morro seguinte, onde terminava a trilha por onde viera.

Emergindo do nevoeiro que o sol friorento vagarosamente dissipava, despontavam aguçadas, refletindo os lampejos fracos, dezenas de torres esguias, altas, prateadas, as cúpulas reluzentes circundadas por escadas, canos, fios retorcidos que mais pareciam serpentes enormes, pretas e úmidas que terminavam em curvas infindáveis, numa mistura incrível de materiais para ele desconhecidos.

É meu castelo — pensou — *aquele que a vó descreve e que um dia será meu!*

As labaredas, saindo de uma altíssima chaminé fina e prateada, sugeriam-lhe que era a Refinaria; mas sua imaginação jamais concebera tal imagem, e agora sua fantasia ganhava de longe da realidade. Era bem melhor que fosse seu castelo, onde ele poderia abrigar-se. Esqueceu a fome, o frio passou ligeiro. Com passos largos e firmes, avançou rapidamente em direção ao "seu" castelo, logo encontrando o primeiro obstáculo. Foi se aproximando devagar da cerca enorme e prateada que protegia em toda a volta o castelo tão almejado: era impossível de escalar ou romper.

Começou a caminhar rente a ela. Devia haver um meio de atravessar aquela formidável muralha, que parecia não ter fim. Subiu morro, atravessou valetas, escalou rampas de terra vermelha e pegajosa, entrou em córregos de águas escuras e fedorentas, onde o lodo viscoso agarrou uma de suas havaianas, e por isso ele jogou a outra fora. Andar descalço era até melhor.

Não sentia o cansaço, o coração aos pulos; não saberia explicar essa sensação estranha de coragem e valentia que enchia seu peito em toda plenitude. Assim foi chegando perto de uma intrincada confusão de postes, fios, argolas, rodas brilhantes e torres altíssimas, onde um zumbido estranho e sinistro o avisava do perigo, além de uma caveira desenhada em uma tabuleta. *Estão querendo me amedrontar, mas não adianta, vou seguir em frente.*

Olhou à sua volta em busca de algo que lhe servisse de arma e proteção; encontrou um pedaço de madeira fina e comprida, larga o suficiente para caber em sua mão. Empunhou-a e começou, desajeitadamente, a imitar as lutas que por vezes entrevira na TV do seu Chico.

Transfigurou-se. Não era mais um garoto tímido e assustado. Seu peito se inflava com sua respiração forte e cadenciada. Ali estava seu inimigo, seu dragão desconhecido que lançava fogo e fumaça e zumbia, tentando afastá-lo — tudo aquilo que sempre representara para ele opressão, trabalho duro, indiferença, tudo de ruim, enfim, e que sempre impedira seu conhecimento e felicidade. Mas agora iria enfrentar o que desse e viesse e sairia vencedor, tinha certeza.

Começou lentamente a procurar um meio de saltar a cerca. Era impossível. Arrebentar, então, nem pensar: era de aço grosso. Andava de um lado para outro, olhando tudo, à procura de um meio para atravessar aquele obstáculo. Foi então que notou ao pé de um dos suportes da cerca, onde haviam feito um aterro, uma valeta formada pelas águas da chuva que deixava a descoberto o fim do arame da cerca. Introduziu sua "espada" na terra fofa e revolveu um pouco; a terra cedeu, e torrões rolaram valeta abaixo.

A alegria corou suas faces; com esforço, começou a cavar. O tempo passava, o sol queimava suas costas, as gotas de suor escorriam sem que ele fizesse um só movimento para enxugá-las. A noite chegou, e o monte de terra já estava bem alto. O cansaço, mais que a vontade de parar, o derrubou. Ainda antes de pegar no sono, limpou a espada-cavadeira com a camisa e enfiou-a no cinto — medo, fome, insegurança, todos os sentimentos estavam agora abafados, ou pelo menos pareciam soterrados debaixo daquele monturo de barro onde se deixou cair. Seu castelo estava a um passo de ser alcançado e todo o esforço teria valido a pena.

Sua mente, virgem de qualquer conhecimento e impregnada pelas histórias fabulosas da avó, que agora, num emaranhado louco, se confundiam com as imagens truncadas da TV, fazia pressão sobre ele, que já não conseguia distinguir o real da fantasia. Não se sentia mais um garoto pobre, espoliado de seus direitos naturais: era um homem! Ou seria um super-homem? Um saci? Não. Não podia ser. Talvez um trapalhão... pra quem tudo acaba dando certo... já sabia... Era Deus. Isso mesmo. Deus! Não sabia ao certo como era sua aparência, mas sabia com certeza que era forte, bom, intrépido, e que tudo podia. Um gesto seu e o castelo seria conquistado. Sonhou.

Acordou se sentindo realmente um deus. O estômago, amortecido, já não reclamava tanto, tinha forças ainda para matar qualquer dragão. A terra agora saía fácil e logo havia um buraco de tamanho razoável por onde poderia passar. Aí, o caminho estaria livre.

Arrastou-se por baixo das pontas de arame e viu-se do outro lado. Estirou bem alto seu corpo, que assim, todo vermelho daquele barro que se agarrava na roupa e grudava no cabelo, mais parecia uma verdadeira estátua grega. Um deus qualquer; o Deus bondoso da avó, o Deus cruel e onipresente do pai, o Deus indiferente da mãe, o Deus me livre, o Deus te pague, te guie, te console, enfim, o Deus nosso de cada dia.

E, como deus, sentiu-se destemido e pronto para tudo. Vagarosamente se desviou de alguns obstáculos e saiu na base de concreto que sustentava aquelas torres altíssimas, cheias de fios, argolas e tantas coisas desconhecidas e estranhas, sem nenhum significado para ele. Ali, o zumbido era realmente amedrontador. Arrepiava.

Ao longe, lá em cima da colina — agora de um gramado verdejante — estava seu castelo. Era só atravessar aquelas torres, aqueles fios que mais pareciam tentáculos querendo agarrá-lo, não ligar para o frio na espinha provocado pelo zumbido estranho e de mau agouro.

Apertou com força o cabo do pau-espada, que parecia tinto com o sangue de algum dragão malvado e pronto para o que desse e viesse. Começou, cautelosamente, a atravessar a usina geradora de força. A terra úmida em seu corpo parecia atrair de algum modo as ondas elétricas e um frêmito sacudia levemente toda a sua carne. Uma leve estática o assustou e ele rapidamente levantou sua "espada", agitando-a à sua volta. Nesse girar incauto, esbarrou o pau úmido em algum fio.

A descarga elétrica iluminou por milésimos de segundo aquele rosto perplexo, onde se refletia a ilusão do deus recém assumido. Eletrocutado.

UMA FLOR NO NATAL

Aparecia bem cedo, lá no começo da Avenida Goiás. Os madrugadores — por opção ou profissão — acostumaram-se ao seu vulto cinza-mudo como se acostumaram à calçada cinza--suja, às arvores verdes-cinza, enfim, ao todo de uma cidade industrial. Amoldavam-se, uniam-se. Na verdade, ele, o homem, era como uma "geração espontânea" da própria cidade: o catador de papelão.

Aparecia assim, como um caminhão, um rolo de fumaça, um automóvel, uma coisa, jamais um ser humano. Seu porte esguio, um pouco alquebrado, não denunciava a idade, nem tampouco o rosto sulcado de rugas. Poderia ter cem, ou cinquenta, a idade do mundo. Quem saberia dizer? Ninguém. Nasceu ali? Vivia, trabalhava, morava...? Como aparecia de manhãzinha, desaparecia à noite.

Suas paradas eram pré-estabelecidas. Quem se dava ao incômodo de guardar-lhe alguns restos de papelão, as sabia com exatidão: a mulher da casa azul-cinza, o jornaleiro, o varredor do jardim da cidade — que deixava os pedaços que porventura arrecadasse com sua vassoura atrás dos degraus da escada que saia da concha acústica —, o dono do bar, onde comia frugalmente, e assim alguns outros.

Ninguém sabia dizer quem era. Para alguns, que não lhe guardavam nada, era um carrasco nazista foragido. Sua figura branco-cinza, os olhos cinza-duros, a boca estirada, onde nunca houvera um sorriso, menos ainda uma palavra de agradecimento, não contribuía para desmentir tamanha acusação. Para outros, era, isso sim, um infeliz judeu que conseguira sobreviver aos campos de concentração e viera para cá. Seus ossos à flor da pele, uma cicatriz que inspirava nojo e dó, o medo que cedia lugar ao ódio dentro de seu olhar cinzento, contribuíam para confirmar tal suspeita.

Carregava nas costas curvadas um longo saco de estopa onde ia colocando os pedaços de papelão, até enchê-lo. Atravessava toda a cidade para vender seus papelões no depósito da Prefeitura, e pelo volume que carregava sabia se receberia pouco ou muito. Levava o dia todo nesse caminhar, catar, vender, voltar...

À noitinha entrava no bar defronte ao jardim da cidade e comia seu costumeiro sanduíche de mortadela e um copo de leite. Pelo balcão do bar, nas mesas, jogando cartas, pebolim, ou simplesmente conversando, vários homens entravam e saíam sem nem ao menos notar a um canto a presença cinza-apagada.

Era dezembro, os dias passavam lentos, quentes, lindos. Pessoas carregadas de embrulhos de presentes, de flores, passavam rápidas pela frente do bar, ou paravam no ponto de ônibus ali em frente. O Presépio que a Prefeitura armava todos os anos, ali no jardim, estava começando a ser montado, e ficando lindo. Cercaram boa parte do jardim com cercas leves e brancas, ergueram a gruta, fizeram um lindo lago, foram colocando os pastores, os carneiros, a vaca, o burrinho, tudo muito bonito e mimoso: a bela figura de Maria, pura e meiga, São José, rude e humilde, o lindo Menino com seu olhar penetrante e sereno, desejando a todos, com um gesto, Paz e Amor.

Mas alguém parecia não gostar de tão linda cena, e era o velho catador de papelão, sentado no mesmo lugar, no bar em frente ao jardim, bebendo uma cerveja, pois no fim do ano podia dar-se a esse luxo. Com tantas donas de casa ganhando geladeiras, fogões, liquidificadores, presentes lindos e bebidas, tudo geralmente protegido por papelão, a coleta era generosa e lhe permitia mais tempo sentado à mesa do bar, bebendo vagarosamente uma cerveja.

Agora não era mais um objeto cinza-apagado, ignorado. Todos voltam seus olhares espantados para aquela figura grotesca, invulgar, agora sim, parecia um ser humano, reclamando, resmungando, ameaçando com gestos bruscos, de punhos fechados, um inimigo invisível.

Era uma figura assustadora. Seus cabelos sempre lisos, alinhados e amarrados na nuca, estavam agora revoltos e vez ou outra eram puxados violentamente, por ele próprio. Seus olhos congestionados, não se desviavam do presépio. Seus lábios murmuravam palavras ininteligíveis que brotavam entre espumas.

O dia do Natal se aproximava, três, dois... O homem, agora, parecendo realmente um velho louco e esgotado, trêmulo, não consciente das pessoas que o rodeavam, não catava mais papelão. Sentava-se ali, na mesma posição, assim que o português abria o bar, e lá ficava até ser tocado para fora à noite, na hora de fechar.

Durante todo esse tempo, imóvel, com o olhar penetrante, parecia ver coisas que ninguém mais via, cenas de um Natal muito diferente deste de agora. Envoltas em brumas, mas ao mesmo tempo nítidas, elas revoavam em volta de sua cabeça, deixando-o transtornado.

Era muito pequeno. Mal compreendia os acontecimentos

à sua volta, a casa de madeira rústica, aquecida pelo enorme fogão de onde saía um cheiro bom de doces e assados. A mãe, solícita e atarefada. O pai, sentado à mesa grande, a toalha branca de flores bordadas, a jarra de louça azul, cheia de vinho. Outras figuras, os irmãos mais velhos, tios, primos, amigos, todos reunidos em torno do velho patriarca, ouvindo suas palavras. Falavam de coisas como lutas, revoltas, não entendia bem, só sabia que a mãe não gostava. Sua cabeça com longas tranças louras entremeadas de fios prateados, sacudia vigorosamente, demonstrando claramente sua desaprovação. Ela estava a um canto da sala, arrumando um nicho recoberto de veludo azul, entremeado de estrelas douradas. Ajeitava cuidadosamente as vestes ricamente bordadas de um menino de olhar inocente e cândido. Fitas bordadas a ouro e pedras brilhantes, enfaixavam-no completamente, só deixando de fora as mãozinhas rechonchudas, que tinham um estranho sinal — tudo isso ele revia em seu pensamento, a janela onde a neve ia subindo, indicando um inverno rigoroso, as vozes altas sendo caladas pela voz quente e suave da mãe, que pedia: "É tempo de rezar, deixemos o ódio e as lutas para outro dia..."

Todos se calaram e se voltaram para o nicho onde uma pequena lamparina acesa punha reflexos dourados em tudo. Delicadamente, como se temesse cometer algum engano, a mãe pegou uma moeda de ouro e uma delicada flor branca e perfumada, colocando-as suavemente aos pés do Menino; ao mesmo tempo, dizia fervorosas palavras: "Doce Menino... Aceita esta moeda e esta flor... E dê-nos em troca... muita paz e amor..."

Em seguida, pegou o lindo Menino nas mãos e o levou de um em um para que todos beijassem seus pés. Ele ainda sentia nos lábios o frio dos pequeninos pés... Depois foi servido um caldo suculento, com vinho misturado para aquecer.

Quando iam começar a comer o bolo, cercado de amêndoas e castanhas, a porta foi violentamente aberta e junto com flocos de neve que rapidamente se transformavam em gotas d'água, molhando o chão, entraram vários soldados de casacas vermelhas e com armas apontadas para os homens ali dentro,

Desse momento em diante, tudo era confuso: a mãe gritando, o pai tentando reagir e caindo morto com um tiro assustador, os demais, trêmulos, sendo empurrados, as coisas sendo jogadas por todos os lados, como se estivessem à procura de algo. Somente o nicho com o Menino, ficou intocado. Foram por fim levados para fora, todos eles, crianças, velhos, a mãe desesperada. Lá dentro, só Ele ficou, na casa quente e acolhedora, sem se importar com o pedido que haviam feito, só queriam paz e amor e de nada adiantou. Foram levados e separados. Os adultos foram para colônias de trabalho, os pequenos para casarões enormes, onde aprenderam a nova doutrina e a renegar qualquer outro afeto que não fosse a Pátria e, inclusive, a odiar qualquer "deus".

Somente o trabalho, duro, infindável e repartido, era comum a todos. Aquele rostinho mimoso e cândido, deixado na casinha tão querida, não saía de seu pensamento, era a última lembrança de sua infância, bruscamente truncada. Foi sendo jogado, maltratado, levado pela vida qual objeto sem desejo ou vontade própria. Ainda assim, cresceu forte, vigoroso, sendo treinado para a guerra. E foi durante uma luta terrível, na qual foi ferido e capturado pelo inimigo, que conseguiu fugir. Andou vagando, sem rumo, qual barco sem um leme firme a guiá-lo. E veio parar aqui, nesta cidade industrial, alheia e cinzenta e por aqui foi ficando. Juntava vagarosamente o pouco dinheiro que ganhava, pensando em um dia voltar, talvez encontrasse a mãe velhinha, os irmãos...

Assim os anos foram se passando, sem ilusão, sem emoções, sem conforto e sem amor, somente o ódio por companheiro. Durante os momentos de descanso, ou enquanto catava os pedaços de papelão, seu pensamento jamais se aquietava, cultivava aquele ódio incontido, não sabia contra o quê, ou quem, sabia somente que odiava, a vida, o sol, tudo.

Até que um dia, descobriu a "quem" odiava. Foi quando a Prefeitura da cidade-cinza começou a instalar no jardim um presépio colorido, no lugar onde muitas vezes ele ia buscar o papelão deixado pelo varredor de rua nos degraus da concha acústica.

No começo, ele não ligou para o reboliço provocado pela obra no jardim. Não atrapalhava seus passos, nem o impedia de pegar seu papelão. Nem sequer se aproximou da pequena cerca branca para dar uma espiada. Não tinha amigos, não conversava com ninguém, não sabia sequer o que estavam fazendo no jardim, *mais uma reforma, com certeza.*

Ouvia falarem a respeito, ali no bar, enquanto comia: "Que beleza de presépio, que bom que a Prefeitura mandou armar um presépio tão lindo..." presépio... presépio... a palavra, repetida constantemente, atraiu sua atenção. Pensou em ir ver o que era, sabia somente que era alguma coisa relacionada com o Deus das pessoas dali, mas nunca tivera curiosidade em descobrir do que se tratava. Por fim, resolveu ir ver de perto o tão comentado "presépio".

A noite estava quente, o movimento era grande. Aproximou-se da cerca, que já tinha se tornado branco-cinza, e olhou tudo, os carneiros, as estátuas rígidas, lagos com patinhos, foi olhando tudo, sem ver nada de tão bonito. As pessoas que estavam à sua frente saíram e ele ficou bem defronte à gruta. Olhou o velho de roupas longas e escuras, com um bastão na mão, a seguir admirou a delicada imagem de azul e branco, de olhar meigo, e seguiu a direção de seu olhar. Foi então que

"O" viu, era "Ele", o mesmo menino que a mãe, há tantos e tão longos anos, dera a todos para beijar. Só que "Este" não tinha lindas roupas a enfaixá-lo. Aqui o clima é quente, somente um pano branco lhe cingia a cintura, mas era o mesmo olhar, o mesmo cabelo, o mesmo leve sorriso e aquele mesmo gesto nas mãos — o gesto que hoje em dia os jovens fazem ao dizer "Paz e Amor". E foi isso somente que sua mãe pedira e não fora atendida, pedira a "Esse" mesmo menino. Então, sua mãe também devia ser cristã e "Ele", seu Deus... E "Ele" zombou de suas preces, roubou-lhe tudo, no mesmo instante em que ela lhe oferecia sua única moeda de ouro e a flor que cultivara com tanto carinho. Então o catador de papelão compreendeu que era a "Ele" que odiava com tanto desespero. E jurou se vingar. Já tinha uma boa quantidade de dinheiro que guardava numa sacola vermelha, não catava mais papelão e era tempo de se vingar para poder ter paz e mostrar a todos que grande mentira era seu Deus.

Era véspera de Natal, e no jardim havia o burburinho habitual. Um pouco antes da meia-noite, o dono do bar tocou de seu canto o velho catador, dizendo que ia embora mais cedo, era Natal, precisava chegar mais cedo em casa... O catador se dirigiu lentamente para o jardim. O movimento ainda era grande, e ele se sentou no banco de cimento. Colocou a sacola de dinheiro sobre o banco e deitou a cabeça sobre ela, para deixar o tempo passar. As últimas noites haviam sido insones e seus olhos ardiam. Fechou-os, como se para rever as cenas de sua infância, como se estivesse novamente naquela longínqua noite natalina. Um sono profundo e angustiante o paralisou por algum tempo.

Acordou sobressaltado. Sinos batiam alegremente, ouviu canções de Natal, risos que saíam das casas e igrejas e chegavam abafados até ele. Sentou-se rapidamente, pegou a sacola de dinheiro e ainda zonzo, cambaleante, dirigiu-se a um canteiro de flores onde havia notado uma pedra, grande e branca, que servia de escora para algum arbusto florido. Não sentiu seus pés pisando o chão, nem a garoa fina e leve que havia surgido repentinamente, não notou a frieza da pedra, nem seu peso. Apanhou-a rapidamente e dirigiu-se ao presépio. Pulou a frágil cerca e se aproximou da gruta.

Maria, curvada sobre a manjedoura, protegia o Menino; José, rústico e forte, com seu bordão defendia os dois de algum perigo invisível. De perto, a gruta era muito baixa, e ele se ajoelhou na areia, arrastando-se até bem perto das imagens. Sentia aquele olhar cravado no seu. Abaixou os olhos e apoiou-se na pequena manjedoura, aos pés do Menino, com a mão que segurava a sacola de dinheiro, para poder levantar a outra com a pedra. Levantou-a até a altura da cabeça de Jesus, que estava iluminada por varias lâmpadas, formando algo como uma auréola e, vagarosamente, aproximou a mão para esfacelar a inocente cabeça com uma pancada forte e decidida, e assim mostrar a todos a inutilidade de adorarem uma imagem de barro.

Sua mão, que segurava a pedra com firmeza, penetrou no halo de luz, e antes de bater com toda sua força, o velho desviou seu olhar, que estava nos olhos do Menino, para a pedra em sua mão e então seus olhos se arregalaram de espanto e aflição: no lugar da pedra pesada e fria, uma linda flor branca e perfumada, igualzinha àquela de muitos anos atrás, que sua mãe com tanto fervor oferecera àquele Menino, agora aquecia a sua mão...

Seu corpo amoleceu e se dobrou, e ele caiu na frente do Menino. Uma voz suave, igual à de sua mãe, sussurrava em seu ouvido: "Filho querido, volta para casa, estou à sua espera."

Um soluço rouco e abafado rasgou sua garganta e ecoou

pelo presépio, envolto na branca cerração. Lágrimas copiosas, nunca derramadas, banhavam seu rosto, tornando-o suave e tranquilo como nunca fora. Sacudido pelos soluços avassaladores, debruçou-se, até tocar com seus lábios os pés do Menino; ao beijá-los, relembrou o frio dos pequeninos pés daquele outro Menino de sua infância.

Sabia agora que sua mãe fora atendida e que estava viva, à sua espera. Agarrou a sacola e, dando um último olhar, que já não era de ódio, levantou-se e sumiu, envolto na bruma branca.

No dia seguinte, na cidade-cinza, tudo estava ainda mais cinza. Ninguém se apercebeu da falta de um vulto alquebrado catando papelão.

O MUNDO NA LADEIRA

Bastam quinze minutos e o mundo se desenrola e sobe a ladeira. Convence. E tudo acontece. Todas as raças, puras e impuras, rolam sob chuva ou sob sol, mercadorias, como em mercado persa, pregões, como em teatro de bufões. Discos estridentes esgoelam em todas as línguas. O sanfoneiro, com sua lengalenga, só presta atenção ao tilintar das moedas que rodopiam na marmita. Saberá, ao fim do dia, quantas ali devem estar. O menino que o guia, já com manhas de sabido e patas de veludo, troca uma moeda de um real por outra de dez centavos.

A anãzinha sem braços é vedete na ladeira, e enquanto deixam, fica lá a demonstrar sua habilidade, costurando com os pés, com mais agilidade do que muitas pessoas com mãos perfeitas, mas inábeis.

A barraca de frutas suculentas atrai moscas e gente, num mesmo pacto ou vontade: a fome. O cheiro das pastelarias chinesas, misturado aos odores da casa de comidas do norte, desnorteia os incautos. A mesinha improvisada, cheia de bijuterias multicoloridas, faz uma concorrência afrontosa e alheia à fina e elegante joalheria.

No pedaço desavergonhadamente nu de construções, armam uma tenda de umbanda e apregoam com todos os ritos, cantorias e preces, num bem instalado alto-falante, todos os azares que tiram e toda sorte que quiserem.

Uma limusine negra e reluzente sobe a ladeira — proibida para veículos — e chama a atenção de todos. Um turco gorducho e elegante desce do carrão e ordena ao chofer que espere. Entra no lojão de liquidação e depois de algum tempo volta com a linda balconista, loira e esbelta, que em passos provocantes e deslizantes desfila para gregos e troianos, paulistas e baianos, toda a sua beleza helênica que só estava à espera do maior lance.

O carrão desaparece e o barulho ensurdecedor da britadeira, rasgando o asfalto negro, recalcitrante e duro, fere os ouvidos com mais vigor ainda debaixo do viaduto.

O cheiro gostoso de milho cozido entra pelas narinas e se mistura ao da carne, enrolada como novelo de lã encardida, cortada em tiras finas e posta dentro de pãezinhos quentes que sempre encontram dentes fortes e decididos.

O moço que vende o aparelhinho de fazer bolhas de sabão, sem sabão e sem gastar o pulmão, nos põe na frente um pouquinho de sonho; num minuto, alguém volta a ser criança e, disfarçadamente, aperta na palma da mão a bolha que o vento encanado empurrou em sua direção.

O homem da loteria derruba um gasparino no chão. Alguém recolhe, pensa que foi a sorte que lhe mandou o bilhete e compra, sem precisar ser convencido. Palhaços, macacos e outros bichos de pelúcia, espalhados bem no meio da calçada, empurram a onda humana para o meio da rua.

Esbarrões, desculpas, palavras grosseiras... Na humanidade que passa, há sempre um olhar curioso. As mulheres, sem exceção, carregam bolsas, redondas, quadradas, gordas, finas, com alças, sem alças, cheias ou vazias, quem sabe? O trombadinha! Pelo modo como a dona a carrega, pelo jeito. E dá o golpe:

— Ai, meu Deus... todo o meu dinheiro... socorro!

Correrias, gritos...

— Pega... pega!!

Algum herói ainda existente, mesmo sem roupa escarlate, sem capa e sem nome, agarra o infeliz. A sirene doída estrangula a garganta, dolorosamente. O passo é apressado. Coisas da vida. Tendo lá sua razão, ignorada ou não, as palmas dos chamadores de fregueses, assim, de improviso, pegam de surpresa o dito que, sem jeito, se afasta o mais rapidamente possível.

Como se neste mundo da ladeira não acontecesse de tudo, na banca de revistas os jornais dependurados propagam os acontecimentos mundiais, as revistas coloridas mostram mulheres em todas as posições possíveis, com ou sem todas as roupas. Na vitrine da esquina com a 15 de Novembro, bem no topo, bombons e chocolates Kopenhagen.

Alguém para um instante. A subida foi longa, o coração já um tanto gasto reclama e o jeito é parar um pouco. Quinze minutos ou pouco mais... E o coração batendo forte se olhou, se virou, viu todo um mundo subir pela ladeira.

Para descer não é preciso tanto...

A BELA DO FIM DE SEMANA

É tipicamente provinciana, apesar de seu visual gradativamente apertado pelo cerco de prédios de apartamentos de luxo. Seu comércio batalhador, espremido entre a capital e a grande cidade vizinha, é frequentado pelas senhoras que não gostam de outras cidades para suas compras: apesar do mercado pujante, a cidade não perde seu jeito de interiorana, e ainda existem lojas que fecham para o almoço.

As pessoas do lugar se conhecem desde crianças. Os filhos frequentam os mesmos colégios, as mesmas igrejas, os mesmos clubes. A qualquer festa que a gente vá, encontra amigos.

— Oi, como vai? Quanto tempo, não?!

— É mesmo! E o pessoal?

E é pessoal, mesmo. A gente conhece o pai, a mãe, irmãos e primos, todo mundo se conhece, e na vizinhança então... Deus nos livre...

— Aquela lá? Nem quero saber...

Vida tranquila, nada que perturbe a vida da cidade burguesa. O dia é sempre tranquilo; quando o trabalho termina, vem a calma das noites vazias e assim passa o tempo, segunda, terça, quarta, quinta... Sexta-feira! Dia moroso, custa a passar... palpitante e desassossegado como garota em dia de debutar.

Chega a noite e, de mansinho, sem querer chamar a atenção, começa a metamorfose: parece a Mulher Maravilha, com seu rodopio transformador! São bares, cafés, chás (dançantes ou não), casinhas, coisinhas — tudo que se relacione a uma noite alegre e vertiginosa começa a brilhar. De todos os lados e também das outras cidades, moças e moços começam a chegar. A cada cinco carros, três pelo menos estão ocupados por garotas de idades variadas; ficam circulando pelas ruas centrais, em marcha lenta, congestionando o tráfego, sem que ninguém se abale com isso. Não há buzinadas nem reclamações.

Os moços e não tão moços encostam seus carros em lugares estratégicos e ficam por ali, à espera da garota especial, que sempre aparece. Elas chegam, também a pé, não se sabe de onde, vêm aos bandos, em duas ou três, algumas raras sozinhas. Todas lindas. Em seus semblantes, um que de tensão, mesmo algo de excitação, pela busca que se mostra fácil e, por isso mesmo, perturbadora.

Nos locais menos esperados, logo depois de uma esquina, debaixo do poste, em frente a um bar, topa-se com um bando de jovens. Ficam na frente de qualquer barzinho, e a impressão é que nem chegam a entrar no estabelecimento, apenas um ponto de encontro, nada marcado:

— Olá, vamos tomar uma cervejinha ali no bar!

O convite acaba sendo aceito pelo grupo inteiro, que vai para algum dos muitos bares consumir sua cerveja... depois... bem... cada qual tem sua própria história... São três noites incríveis e de difícil explicação. A cidade inteira se recolhe, como se não querendo compartilhar algo que não entende e de que não toma conhecimento.

Ao terminar a noite de domingo, acontece a metamorfose contrária e a cidade volta a ser a mais burguesa e tranquila da região, para os que em sua rotina e vivência comuns nada viram do belo e agitado fim de semana, ocupados que estavam assistindo à TV. Será que ainda é assim?

Te amo, São Caetano. Te admiro, misteriosa e bela dos fins de semana.

O REI DAS ORQUÍDEAS

A chácara tomava um quarteirão inteiro no centro da singela cidadezinha. Era o orgulho das pessoas humildes que moravam à sua volta, a chácara do Rei das Orquídeas.

O dono, Guilherme Guimarães — homem bonito e jovial, apesar dos 55 anos que não aparentava —, cuidava da chácara com um cuidado de colecionador. O pai havia comprado o loteamento em volta, separado a chácara e vendido os lotes onde foram brotando casinhas por todos os lados, cercando a bela propriedade. O filho havia ficado na Europa, estudando; aos dezoito anos, chegou também para morar com o pai, que, meio adoentado, logo passou os cuidados com a chácara para o filho, que adorou o encargo.

A chácara era um verdadeiro paraíso florido, a casa central muito forte e bonita, com janelas altas e portas de madeira trabalhadas. Havia nos fundos a casa do zelador, que também era o jardineiro e morava ali com a mulher e a neta.

Aos poucos, Guilherme foi embelezando ainda mais a chácara; começou a cultivar orquídeas, e em pouco tempo criou vários viveiros para as variadas espécies que começou a adquirir. Quando estava com vinte anos, seu pai faleceu e vieram vários parentes da Europa para o enterro. Entre eles, havia uma prima em segundo grau, moça bonita e educada, que se encantou com ele e foi correspondida.

Casaram-se em um mês, pois os pais queriam voltar para a Europa e não queriam deixar aqui a filha solteira. O casamento durou apenas cinco anos. O silêncio e a falta de companhia não agradaram à moça criada na Europa, que pediu a separação para voltar para lá. Guilherme, solitário, envolveu-se cada vez mais com suas orquídeas. Nada mais tinha interesse para ele.

Muitos anos depois já não estava tão sozinho, pois a neta do zelador, agora com 15 anos, se tornara a sua sombra: aonde ele ia, a pequena o seguia, desde seus primeiros anos. No começo ele não gostava muito, mas logo a doçura da garota o conquistou e ele fez dela a sua ajudante perfeita: sabia, só com um olhar, o que ele queria.

Viviam os dois mergulhados nos orquidários, como ela gostava de dizer; a menina só saía de lá para ir à escola, o que fazia contrariada. Preferia ficar com o "vô", como ela gostava de chamá-lo. Ele estranhou no começo, mas acabou gostando, e assim eles viviam, felizes, esquecidos de tudo o mais.

Ela já sabia quase tanto quanto ele sobre as orquídeas. O laboratório era o lugar de sua ciência e ela devia tomar cuidado. Somente os dois entravam no orquidário, além de sua avó. Ele tinha uma chave e a outra ficava com a avó de Mina — Guilhermina, em homenagem ao patrão —, que só entrava ali para a limpeza do chão, dos objetos e "panelas" do laboratório onde seu Guilherme fazia experiências com as orquídeas e descobria fórmulas de xaropes, e até de venenos. Mina o seguia por todo lado.

— Vô... onde deve ficar esta?

— Lembra o que falei da Catleia? Ela não gosta muito de luz. Coloca ali... Mina, você já trocou os tubos das experiências que fiz ontem?

— Já, vô... a vó já lavou tudo...

Ele abria de manhã e fechava à noite, quando se recolhia. A avó fazia a comida e levava o almoço para Seu Guilherme, que comia sozinho na enorme sala de jantar da casa principal.

Todos os anos ele participava de uma exposição de orquídeas na Capital, e as medalhas que ganhava com sua beleza enchiam a parede da sala. Quando a avó entrava na casa para a limpeza, Mina desde menina corria atrás, já sabia de cor o nome das flores e quantas medalhas havia.

Havia uma pequena piscina em frente à casa e, em raras ocasiões, ele entrava para algumas braçadas. Mina ficava por entre os arbustos, escondida, admirando a delicadeza daquele homem, esbelto e um tanto magro. Seus cabelos loiros caíam sobre a testa e com um movimento bonito ele os jogava para afastá-los dos olhos. Mina ficava lá até ele sair. Era seu ídolo. Ela não queria mais nada, não queria ir a lugar nenhum, só queria ficar ao lado dele, e quando ele a chamava, corria como uma lebre.

A avó não gostava desse apego, que estava se tornando muito forte e incontrolável; tentava chamá-la para cuidar de outras coisas, mas qual, ela não queria. À noite, Mina assistia à TV e via filmes onde os romances mais incríveis aconteciam. Começou a se ver no lugar de alguma "mocinha" e a transformar Seu Gui no "príncipe encantado". Estava na idade em que a imaginação fala mais alto do que os sentimentos. A avó, calada e ensimesmada, abanava a cabeça e resmungava:

— Mina, vem me ajudar!

— Agora não posso, vó... estou cuidando das orquídeas...

E assim o tempo passava. Chegou o dia de uma nova exposição. Seu Guilherme não prestou muita atenção em Mina, as orquídeas precisavam de todo o seu cuidado naquele dia. Colocou varias orquídeas dentro da van e fez várias viagens até a Capital; a exposição seria no Pavilhão do Ibirapuera e ele não queria levar todas de uma vez, para não machucá-las. Feito o último carregamento, ele foi se arrumar para a abertura; à noite, pegou seu BMW, que raramente saía da garagem, mas que com os cuidados do avô de Mina brilhava como se tivesse acabado de sair da fábrica. Mina, por seu lado, esperava ser convidada, mas como das vezes anteriores isso não aconteceu, ela era muito nova ainda, e como das outras vezes, lá ficou, sentada nos degraus da escada do orquidário, de onde podia ver o portão por onde ele sairia e por onde voltaria lá pelas onze da noite, e ela não arredaria pé. Queria ser a primeira a ver sua cara de felicidade e as medalhas conquistadas. A avó veio buscá-la e disse que ficaria ali com ela se ela não fosse para a cama, mas ela não queria a avó junto quando ele chegasse.

Então fingiu que tinha ido dormir e quando viu que passava das dez, saiu de mansinho, sem que a avó percebesse e retomou seu posto na escada. Ficou esperando... À meia-noite, preocupada com o que poderia ter acontecido, mas sem se atrever a chamar a avó, voltou para a cama e não dormiu mais...

No Ibirapuera, a exposição tinha sido um sucesso. Guilherme, que ganhara várias medalhas, sorria como um garoto que fez um gol. Já estava pensando em ir embora, mas foi dar mais uma olhada em sua mais linda orquídea e ao se aproximar, viu uma linda mulher a admirá-la. Tímido, ficou ali ao lado dela, sentindo seu perfume, que rivalizava com o das orquídeas, seu porte esbelto, sua beleza e juventude.

— Maravilhosa...

— É... é... realmente... — e ele quase falou, "você é maravilhosa..."

Ela começou a lhe fazer muitas perguntas sobre as orquídeas e ele não se fez de rogado. Ficaram ali, entretidos um com o outro, por longo tempo. Guilherme ficou sabendo que ela era dançarina, dançava numa boate na Paulista, estava ali porque admirava orquídeas, mas também que estava a caminho do trabalho. A conversa estava tão interessante que quando ela o convidou para ir até a boate, ele não titubeou.

— Claro, estou com o carro lá fora, você esta de carro?

— Não, vim de táxi, só para ver as orquídeas.

Antes de sair, ele apanhou uma das flores e sem pedir licença a colocou nos cabelos dela. Corou ao perceber a própria ousadia, mas a timidez havia ido embora, deixando à mostra o galã que trazia enrustido. Ela, toda faceira, agradeceu com um beijo em seu rosto.

Ele não conhecia o caminho e ela dizia onde virar e onde parar, tocando em seu braço com uma intimidade que o deixava sem jeito, não estava acostumado a ser tratado como o homem elegante e bonito que era.

Na boate, sentado em uma pequena mesa reservada, Guilherme observava a beleza da mulher que o atraíra tão instantaneamente ao admirar suas orquídeas. Não saberia explicar essa sensação gostosa ao perceber o olhar doce e desejoso que ela lançava em sua direção enquanto dançava com as outras moças pelo palco da casa, feericamente iluminado, contrastando com a meia escuridão do salão onde alguns casais dançavam.

Já passava das três da manhã quando saíram da boate, que continuava animada. Ela o pegou pela mão, dizendo:

— Vem, deixe seu carro aí no estacionamento, depois você pega. Veja, eu moro logo ali, naquele prédio alto... tenho um apartamento lá.

Sem esboçar recusa, ele a acompanhou até o pequeno

apartamento, muito aconchegante e cheiroso. Nunca havia sentido a emoção de uma paixão. Tivera um pequeno caso e o casamento com a meia prima, mas nem um minuto sequer de paixão ardente. Por isso, agora, estava à mercê da sedutora dançarina a quem se entregava sem um gesto de remorso e cheio de sensações enlouquecedoras. Não se deu conta de quanto tempo ficou ali.

No dia seguinte, logo cedo, Mina foi ver se o carro estava na garagem e, ao encontrá-la vazia, foi desesperada procurar a avó.

— Vó, Seu Gui não voltou ainda... o que será que aconteceu?

— Ora, Mina, ele é bem grandinho pra saber se cuidar. Se tivesse acontecido alguma coisa, teria telefonado. Vai cuidar de suas coisas, vai — disse a avó, com os ombros mais caídos do que nunca, arrastando os chinelos pelo caminho que ia até o orquidário.

Mina a seguiu devagarinho, também de cabeça baixa, os ombros encurvados como se carregasse o mundo nas costas, e foi sentar-se na escada em frente ao orquidário. Tinha que cuidar das flores, regar, tirar as folhas murchas, conferir os tubos de ensaio, embora ontem o seu "vô" não tivesse feito nada, mas qual, não conseguia deixar seu posto. O tempo parecia ter parado. Já era quase 1h00 da tarde, não tinha ido almoçar, não tinha fome, quando ouviu o ronco da BMW e ficou atenta. O novo jardineiro, que havia começado há um mês, foi abrir o portão e o carro entrou pela alameda, mas não foi para a garagem. Mina ficou observando, achou incomum.

Seu Gui estacionou o carro perto da casa, desceu e foi abrir a porta do passageiro. Mina, de boca aberta, ficou vendo o *seu* Guilherme dar a mão e depois pegar pelo braço uma linda moça loira e seguirem juntos pela alameda que ia dar direto na porta da casa.

Mina não conseguia se mover, parecia grudada no degrau da escada. Os dois entraram na casa e, por fim, Mina saiu do seu espanto e devagar se dirigiu até um dos "pontos de observação" que usava quando Seu Gui não estava na estufa. Lá estavam os dois, ele envolvendo os ombros dela com um dos braços e com o outro mostrando a ela as medalhas na parede da sala de estar. Ela sorria e andava para cá e para lá, enquanto, embevecido, ele a acompanhava. Sentaram-se no grande sofá e lá ficaram horas conversando. Depois saíram, entraram no carro e partiram.

Mina não queria acreditar no que estava acontecendo: nem um olhar para o orquidário, não chamou pela avó, nem por ela, nada... e saiu. Era um pesadelo, que se repetiu por vários dias. Por fim, Seu Gui chamou a avó de Mina e comunicou assim, como se fosse a coisa mais natural do mundo, que ia se casar, que o casamento seria em São Paulo e que depois viriam morar na chácara.

Mina desmoronou. A avó se sentava a seu lado, cantarolava e tentava consolá-la.

— Mina, querida... não fique assim... Seu Gui ainda é moço... e ele era muito sozinho...

— Como, sozinho, vó... e eu... não era companhia pra ele?

— Sabe, menina, ele é rico e senhor de tudo isso aqui, mas é velho, além do mais, podia até ser seu avô!!

— Credo, vó... ele é moço, bonito e eu gosto muito dele!

— Eu sei, minha querida... mas isso é amor de menina que não tem mais nada de seu... você vai ver... isso passa... tudo passa...

— Não, vó... não vai passar — saiu correndo, foi para o orquidário e ficou lá até anoitecer, também nos dias que se seguiram.

Seu consolo era cuidar das orquídeas que um caminhão trouxera de volta da exposição, todas machucadas e sem que Seu Gui sequer as olhasse. Alguns dias depois, o casal apareceu, o carro ainda cheio de enfeites que o avô e o ajudante retiraram e um montão de malas que foram levadas para dentro da casa. Depois guardaram o carro.

No dia seguinte, não muito cedo, Seu Guilherme e a moça foram até o orquidário; ele mostrava para ela as orquídeas todas e também o laboratório, e relatava as suas experiências. Não perguntou nem procurou por Mina. Ela não existia mais para ele.

A menina, cada vez mais desesperada, não se dava conta do ciúme que a angustiava. Dos seus postos de observação, espiava de longe tudo que a mulher fazia. Passado um mês, Leonora se sentia dona de tudo, dava ordens para a avó e percebia o vulto ligeiro de uma menina, sempre espionando, mas nem sequer perguntou quem era.

— Gui, querido, estou pensando em dar uma festa no próximo domingo, para receber alguns amigos, tudo bem?

— Como você quiser, meu bem...

No sábado, Leonora se dirigiu ao orquidário, pegou todas as orquídeas que estavam abertas e numa braçada as levou para casa. Mina sentiu os cabelos se arrepiarem na nuca, esperava ouvir Seu Gui dando bronca e brigando com a mulher, mas que nada... ele até a ajudou... No domingo, logo cedo, começaram a chegar vários carros que entravam pela alameda e estacionavam por todos os lados, alguns até no gramado. Moços e moças, bonitos elegantes e descontraídos, passeavam pela grama, pegavam flores, pisavam em mudas novas... um verdadeiro furacão. Entravam na piscina tal como a dona, em biquínis reduzidos, deixando Mina em seu posto de espia, de boca aberta. A música alta, as correrias e a algazarra dos convidados sacudiam o sossego da tranquila chácara, até os vizinhos chegavam ao portão para espiar.

A avó tentou trazer Mina para ajudar na cozinha, mas ela não apareceu o dia todo. Do seu posto, vislumbrava o vulto de Seu Guilherme sentado no sofá da sala, não exatamente triste, mas parecendo estranhar o barulho inusitado. Leonora, esta sim, estava em seu ambiente. Corria, pulava na piscina, cantava, brincava como se ela é que tivesse os 15 anos de Mina.

No dia seguinte, o silêncio, normal outra vez. Mina manteve seu posto, pois sabia que Gui não iria até o orquidário. Foi quando notou duas pessoas de fora no fim do terraço, conversando. Mudou de lugar e viu Leonora com um jovem risonho e bonito, que provavelmente dormira na casa, sentados lado a lado no banco de madeira. A intimidade entre os dois lhe pareceu estranha, e Mina ficou ali para observar. Os dois falavam sem se preocupar e Mina, mais que ouvir, lia em seus lábios a conversa.

— Viu, Nando... não falei que você ia gostar?

— Tem razão, Nora... isso aqui é um paraíso!

— Então? Vem morar aqui comigo e o Gui...

— E o que ele vai dizer?

— Dele eu me encarrego... pode deixar...

Mina saiu de perto, e depois desse dia, começou a seguir todos os passos de Leonora. Esta, muitas vezes, percebia o vulto da mocinha, mas achava graça. Mina constatou que eram muito chegados, estranhava os carinhos íntimos entre os dois. Uma noite, após a avó ter servido o jantar na casa, chegou com uma notícia que abalou os corações dos três, neta, avô e avó: Seu Guilherme ia vender a chácara, viajaria para a Europa e depois iria morar em São Paulo... a voz fininha da avó quase sumia...

— Nossa casinha ele deixa pra gente, mas vai vender todo o resto — saiu chorando desesperada e Mina e seu avô, ficaram ali, petrificados... O mundo parecia ter acabado. Os dois não trocaram uma única palavra. Depois de longo tempo, a avó retornou, os olhos inchados de chorar, e falou:

— Ele disse que ainda vai demorar uns meses, mas quis avisar a gente.

A vida na chácara seguia, seus dias iguais a todos os outros dias passados, mas eles sabiam que o dia fatal chegaria. Naquela manha, Mina se levantou desanimada, sem saber o que fazer, sem vontade nem mesmo de tomar café; dirigiu-se ao orquidário, seu único refúgio onde encontrava às vezes um pouco de paz.

Estranhou ver a porta encostada. Seria Seu Gui? A esperança a fez corar. Entrou devagar... o silêncio era total. Passou pelas orquídeas, chegou até a porta do laboratório e viu o corpo no chão. O grito desesperado soou como uma sirene... O avô, a avó, o jardineiro, todos, enfim, chegaram correndo. Mina gesticulava e mostrava:

— Seu Gui... socorro... Seu Gui... está ali... caído...

Foram dias malucos. Nada fazia sentido. O atestado de óbito dizia "Ataque Cardíaco", mas Mina não acreditava. Tinha certeza de que não era ataque. Ela havia encontrado no dia seguinte à morte dele um pequeno frasco debaixo da mesa, e apesar de estar com a tampa verde do xarope, esta não coincidia com o frasco e seu odor. Deveria estar com a tampa vermelha, a do veneno.

Mina sabia que às vezes, muito cedinho, Seu Guilherme ia até o laboratório e tomava um gole do xarope, que também era fortificante, sem nem mesmo olhar para o frasco, sabia o lugar exato onde deveria estar, pegava e tomava de um gole uma boa porção sem pensar. Com certeza alguém tinha trocado o frasco de lugar, só podia ser isso. Mina soube imediatamente quem poderia ser, não tinha dúvidas de que a mulher queria se ver livre dele, mas não tinha provas.

Um ódio profundo tomou conta de seu coração, e jurou a si mesma que iria vingar a morte do *seu* Gui. Transformou-se numa verdadeira sombra, seguia todos os movimentos da mulher. Agora, os dois não disfarçavam mais, e 60 dias após o enterro já falavam em se casar. Ela havia herdado todo o patrimônio de Seu Guilherme e podia fazer o que bem entendesse. Por fim, a avó foi chamada para saber o que iria acontecer. Voltou cabisbaixa e falando com dificuldade.

— O negócio que seu Guilherme fazia com a Prefeitura foi concluído, a chácara agora pertence à Prefeitura e daqui a três meses tem que estar vazia, devemos nos mudar. Eu sempre pensei que jamais Seu Gui venderia a chácara, jamais faria algo que prejudicasse as orquídeas, mas parece que a dona Leonora virou a cabeça dele e tudo aqui agora será destruído... nem sequer nossa casinha vai ser preservada... ela vai nos dar algum dinheiro, pois sabia que Seu Guilherme não ia deixar a gente na mão... até parece... vai dar uma mixaria... vamos ficar sem nada e parece que a morte de Seu Gui vai ser a nossa também — ela falava e chorava — e pior... ela vai dar uma festa de despedida daqui a um mês e quer a nossa ajuda... como? Não faz nem 3 meses que Seu Gui morreu... não aguento... não vou aguentar...

Ninguém a consolou, porque o desespero era igual para os três. Mina saiu sem dizer palavra e foi para o orquidário. Precisava pensar, planejar. Queria se vingar, não deixaria a mulher se dar bem com as coisas do Seu Gui. Queria uma vingança perfeita e tinha que pensar muito bem no que fazer.

O tempo passou, moroso e odiento. Os pensamentos de Mina lhe davam medo, mas ela não desanimava. Já tinha um plano mais ou menos acabado e só esperava chegar o dia da festa para colocá-lo em ação. Sua avó, agora um vulto sombrio, caminhava sempre atrás dela. Desconfiava dos modos da neta e vivia atenta ao que ela fazia. Mina não gostava, mas não havia o que fazer.

A festa ia ser no sábado seguinte e a chácara já começava a ser invadida por decoradores, que enchiam as árvores e todos os cantos de bolas, arranjos e tudo que uma festa deve ter. Mina sentia vertigens ao ver todas aquelas pessoas entrando e saindo, sem um mínimo de cuidado. Na sexta-feira, foi logo cedo ao orquidário e com uma tesoura cortou todas as orquídeas, que eram banhadas com suas lágrimas, pois se lembrava do quanto Seu Gui odiava quando alguém pegava uma. Mas sabia que "ela" viria mais tarde apanhar algumas para enfeitar a casa, e não iria permitir que isso acontecesse. Apanhou todas, colocou numa caixa e as escondeu bem escondidas, num lugar que só ela conhecia. Mina tinha outro destino para elas, e não adiantou a mulher reclamar, Mina não revelou o que acontecera com as orquídeas.

Os holofotes, colocados em profusão, iam ser acesos às oito horas, e antes disso Mina começou a executar o que tinha planejado. Assim que escureceu, as pessoas dentro da casa se arrumando para a festa, uma Mina sorrateira trouxe os sacos de plástico cheios de orquídeas, as jogou todas na piscina e foi para seu posto vigiar o que acontecia.

Às oito, Leonora saiu com todos para o terraço em frente à piscina e acendeu os holofotes. Seu grito abafado soou estranho, pois todos os presentes aplaudiam a beleza do espetáculo: a piscina reverberava com as luzes se refletindo nas orquídeas, que balançavam dentro da água.

— Que ódio... que ódio... foi ela... aquela menina doida...

— Oh! Que lindo!

As palmas acabaram por acalmar Leonora. A festa seguiu calorosa, as orquídeas resplandeciam e trepidavam ao embalo da suave brisa... talvez Seu Gui, vendo tal espetáculo, não iria ralhar com ela por ter apanhado todas. Ele saberia que se tratava de um plano para vingar sua morte, mas os convidados, sem ligarem para a beleza das flores, se jogavam na piscina e as agarravam, as jogavam uns nos outros. Mina não viu nada disso, pois estava ocupada, tinha muita coisa para fazer.

Era madrugada, vários carros já tinham ido embora, mas muitos jovens continuavam por ali, bebendo e fumando. Por fim, alguém apagou as luzes e a escuridão tomou conta da chácara, estranha e agourenta. Até mesmo Mina, ofuscada pela memória das luzes que agora deixavam a escuridão ainda mais profunda, andava com cuidado pelos caminhos tão conhecidos. Foi até um pequeno depósito que havia nos fundos da chácara, onde já tinha deixado preparado um balde cheio e uma lamparina de querosene.

Sabia que todos na casa estariam dormindo agora, já altas horas da madrugada. Iria queimar a casa com todos dentro, então, sim, Seu Gui estaria vingado. Acendeu a pequena lamparina, pegou o balde cheio de querosene e saiu do depósito, descendo a pequena rampa de capim que ia dar na alameda.

Assim que saiu, alguém agarrou o balde e lhe deu um empurrão, mas ela não soltou o balde e com a outra mão, que segurava a lamparina, deu um forte golpe na pessoa que a tinha atacado. Com a força do soco, ela e a pessoa que a agarrava caíram no gramado e rolaram pela rampa. O balde virou e o querosene caiu sobre a pessoa estranha com quem Mina brigava. Ao cair, a lamparina bateu em algo e se quebrou. O fogo correu pelo querosene envolvendo totalmente o atacante.

Com o clarão, Mina reconheceu a avó, e, desesperada, rolou com ela grama abaixo; tentando apagar o fogo batia com as mãos nas vestes em chamas. Conseguiu apagar o fogo, não sem que a avó ficasse muito queimada. Ela própria tinha as mãos muito feridas, mas amparava a avó no colo e, chorando, murmurava...

— Vozinha querida... por que fez isso... eu precisava... eu tinha que castigar aquela maldita... que acabou com Seu Guilherme... vó... por quê....

A avó, respirando com dificuldade, falava baixinho:

— Minha menina... você não devia... não podia...

— Devia sim, vó... ela matou Seu Gui... meu querido Gui...

— Não, minha menina... não foi ela...

— Foi sim, vó... eu sei...

— Minha menina... não foi ela... fui eu...

Mina parou de respirar...

— Como? Vó! Não escutei...

— Fui eu... eu que matei o Guilherme... ele era seu avô...

— Vó...

— Ouça... quando ele veio para cá... tinha 18 anos... eu estava com vinte... ficamos amigos e trabalhávamos juntos... na chácara... aos poucos, me apaixonei, um amor louco... e numa noite de lua como esta... que surgiu agora... eu me entreguei a ele... no dia seguinte o pai dele passou mal... foi para o hospital e morreu... entre os parentes que vieram da Europa para o enterro havia uma meia prima... se gostaram e se casaram em um mês, pois os pais queriam voltar para a Europa...

— Não fale mais, vó... você está mal...

— Sei que vou morrer... tenho que falar. No dia em que ele se casou... fiquei sabendo que estava grávida... quando meus pais souberam fizeram com que me casasse às pressas com o jardineiro que trabalhava aqui e que gostava de mim... quando sua mãe nasceu... minha mãe fez o parto e disse que ela era prematura... seu avô nunca soube a verdade, nem o Guilherme... eu me conformei... Sua mãe era muito parecida com ele e a gente não a deixava andar pela chácara... mas acabou saindo com os meninos da escola e aos 14 anos engravidou de você... o menino sumiu e ela... coitadinha... talvez jovem demais para o parto... teve hemorragia e morreu... você vingou, foi criada com a gente, e ao contrário de sua mãe... deixamos você à vontade na chácara... E outro pesadelo aconteceu... você se apegou estranhamente ao Guilherme, pensava estar apaixonada por ele...

Mina chorava baixinho...

— Eu não queria... que ele... o Guilherme... fosse embora... não ia aguentar viver sem ele... sempre o amei... naquele dia, eu sabia que ele continuava indo ao laboratório... para tomar seu fortificante... e... e troquei os frascos... ele tomava de um gole... não ia nem ver... me arrependo, Mina, me perdoa... eu tinha ficado escondida atrás do armário... antes de ele desfalecer... quando percebeu que tinha tomado o veneno, apareci... e contei para ele... Mina é sua neta... ele compreendeu e sorriu para mim, duas lágrimas rolaram de seus olhos e ele murmurou... Mina... minha neta...

A cabeça da avó pendeu nos braços de Mina, que, desesperada, viu o avô chegando.

— Acordei e não vi vocês, vim ver o que houve...

— Depois eu conto, vô, agora vai buscar a caminhonete, temos que levar a vó para um hospital...

Ela morreu na mesma noite. No dia seguinte, todos que estavam na casa, sem sequer suspeitarem da tragédia da qual haviam escapado, foram embora, levando tudo de valor que havia na casa. Um mês depois, Mina e seu avô também deixaram a chácara para morar numa pequena casa que o avô tinha comprado com suas economias, e onde ela pretendia recomeçar a criação de orquídeas em homenagem ao seu outro avô.

Ao fechar o portão pela última vez, Mina leu a placa que a Prefeitura já havia colocado:

NESTE LOCAL SERÁ ERGUIDO O PRÉDIO DO
COLÉGIO GUILHERME GUIMARÃES
Mina acrescentou em baixo, com um pedaço de carvão:
O REI DAS ORQUÍDEAS.

MINHA PIRÂMIDE

Queria encerrar-me dentro das vertentes de uma pirâmide, mumificar, sentir a água em seus quase setenta por cento do meu corpo, ir me fluindo, volatizando, sem nada sentir daquilo que restar, nem a luz da lua, nem o calor do sol, que o som não fizesse desmoronar o que iria sobrar, que o perfume não conseguisse sensibilizar o que ficasse das mucosas de minhas fossas nasais.

Queria que o frêmito das paixões não pudesse estremecer a carne seca, nem arrepiar os cabelos secos, secos e áridos, queria sentir meus órgãos, os genitais, gerais, mentais e mais, coração, sensação, ilusão, purificação. Sentir somente o peso das massas ignoradas, das plenitudes todas, das galáxias infinitas jorradas da explosão de ontem que me pegou desprevenida, colocando-me como joguete num labirinto de conhecimentos não sabidos, que tento desesperadamente entender.

Sou parte de tudo, sou nada de nada. Sei apertar botões, sei tomar uma coca, ouvir música do iPod, ver a luz azulada da TV saindo de todas as janelas das telenovelas, sei nada de tudo.

Amo, amei, fui amada, espancada na alma bruta, desnuda, querendo pegar o rabo daquele foguete que vai furando a imensidão, tentando emendar os pedaços iguais de uma mesma colisão. E, se nada disso bastasse, deixaria os cogumelos de lado, nada exalaria que não fosse expurgação. Tomaria com muito cuidado minhas crianças pela mão, entoaria sons roucos e sem articulação, deixando para elas a simulação das palavras não ditas. E caminharia, tranquila, cheia de paz, numa vereda de luz, sabendo que nada sei e não me importando com isso.

Ficaria ali, parte daquilo que aprendi, parte daquilo que não fiz, por falta de tempo, de vontade, de saber, sabendo que na verdade é tudo mentira. A poeira do tempo há de se encarregar de recobrir todas as minhas falhas, farsas e encenações. Já fui longe demais. O asfalto acabou derretendo, grudando nas rodas e fixando meu carro como pássaro no visgo e tive que sair, ir andando, procurando nas esquinas as quinas do tempo perdido.

E tenho que me conformar. Não existe pirâmide neste mundo que consiga esconder ou aliviar a pressão do meu peito insatisfeito.

Mesmo que houvesse, já não importa. Não posso mais usar o estratagema do avestruz. A audiência vai ser amanhã, às três horas e quarenta e cinco minutos. O dilema corrói meus momentos como uma lagarta a roseira viçosa. O juiz, implacável, impecável, estará sentado em sua cadeira, poderá ver minha figura e não terá, eu sei, o poder de atravessar-me, de enxergar através de minha cara assustada as minhas verdades, as vacilações, as humilhações.

Será na verdade um jogo duro. Eu, lutando por algo que sempre releguei, que jamais me fez falta e cuja necessidade de obter sempre combato. Não haverá clemência de minha parte para comigo mesma. Minha aparência nada dirá da minha fraqueza, não demonstrará, nem por um único gesto, a falta de convicção naquilo que pleiteio.

Vem-me agora ao pensamento algo cruel. Seria a necessidade real, física, da falta de coisas assimiladas como sendo imprescindíveis, ou estou procurando me autoflagelar?! Não consigo mais ter, com certeza, clareza sobre o meu querer. Quisera poder libertar-me desses pensamentos, saber que essa angústia que oprime meu crânio, nada tem a ver com esses fatos materiais e inevitáveis da vida.

Terei sido tão boa farsante que jamais mostrei ao mundo e aos homens meu coração desnudo? Estremeço a cada minuto. O relógio consome um tempo contado só por ele, e assim já se passaram dezoito meses da separação. Abri mão de muitas coisas para não abrir mão das minhas convicções. Depois, pareceu-me covardia, fraqueza, injustiça e retomei um caminho abandonado.

Arrependo-me. Quisera encontrar minha pirâmide, embutir-me no dia de amanhã, como se já fosse ontem e eu pudesse descansar. Causa ganha ou perdida, juiz, advogado, amor do passado, tudo já no passado e eu tranquila, sentada no vão da porta do tempo, querendo somente amar.

O pensamento, esse consumidor das minhas energias no presente, insiste em relembrar cenas já arquivadas da audiência de separação, a sala comum, mesas, cadeiras mudas, advogados, suplicante, suplicado, moço-robô-escrivão à máquina de escrever, tramataqueando insuportavelmente, tac-tac-tac, mais rápido do que ler esses tacs, juiz alheio e o silêncio pesando mais do que todas essas coisas juntas, as perguntas do juiz presente-ausente, que nos intervalos das perguntas assinava papeis, atendia o telefone, expedia mandados, descontrolava a continuidade de tudo e eu respondia, com voz estranha, coisas que nem sentia.

E sei, tudo se repetirá. Serei outra na cadeira que irá esquentando com o calor denso e pegajoso que fluirá intensamente de meu corpo, a mente tranquila, olhando de fora de mim, negando-se a participar daquela encenação estúpida e falsa. A censura, se não expressa por palavras, dói mais, pois reconheço a verdade, agora é tarde e deixo as coisas seguirem o fluxo da normalidade, envergonho-me por não ter coragem de sair gritando, recusando-me a continuar com esta peça que eu não queria representar e que, por fim, aceitei. Dirigi, produzi, alterei o roteiro, coloquei a música de minha preferência, da qual sou atriz e coadjuvante, criei o cenário, vendi os ingressos, limpei o recinto.

Agora sou público. Não gosto. Vaio e apupo e saio de cabeça baixa, vendo que o espetáculo não valeu a pena.

Reconhecimento

Meu pai não era alto, 1.65m, talvez. Era bonito e elegante. Nunca o vi de camiseta ou sem seus sapatos brilhantes, os cabelos claros, penteados para trás, a testa larga, uns olhos enormes e azuis, com cílios tão compridos que se enroscavam nas enormes sobrancelhas.

Havia estudado, quando moço, em colégio de padres, ia ser um, mas ao fazer uma visita à sua mãe foi com ela a uma festa na cidadezinha em que minha mãe vivia, conheceram-se e em pouco tempo se casaram. Não voltou mais ao colégio.

Minha mãe era a filha mais velha de um italiano muito rico, dono do armazém que abastecia toda a cidade. Tinha também uma fábrica de balas, uma de cadeiras e uma torrefação. Já estava com 28 anos, era a mais velha de onze irmãos que ajudara a criar e as irmãs mais moças já estavam casadas. Tinha muitos sobrinhos e já se considerava somente titia. Então, o moço elegante e fino a conquistou. Casaram-se, e já estavam com quatro filhos quando a mãe dela faleceu.

O pai, italiano de raça e costumes, fez a partilha dos bens, o armazém e as fábricas entre todos os filhos; para as filhas, somente a casinha em que viviam. Minha mãe brigava tanto com o pai e os irmãos que meu pai resolveu vender a casinha e se mudar para outra cidade. Uma das irmãs já estava em São Caetano, e assim todas vieram para cá. Só ficou a mais nova, que ainda não havia se casado.

E crescemos aqui. Todos foram trabalhar na Cerâmica São Caetano, meus primos, irmãos, tios e pai. Eu levava a marmita das onze e também andava pela fábrica enorme, com toda a liberdade. Meu pai era líder na fabrica, lembro que foi ele quem discursou para o Presidente Getúlio quando este a visitou. Além de bonito e elegante, era falador, e pior, namorador. Minha mãe se desesperava, acredito que não mais de ciúmes, mas de raiva somente. As brigas eram frequentes, principalmente no fim do mês, quando ele recebia o pagamento e até chegar em casa, passando pelos barzinhos e botecos, pagando cerveja ou pinga para uns e "emprestando" para outros, enfim, ao chegar em casa o envelope do pagamento estava bem levezinho, mal dava para pagar a conta no armazém do Seu Machadinho, que fiava para todos da fábrica.

E as brigas eram de arrasar. Muito raramente, meu pai revidava, eram sempre os gritos de minha mãe que finalizavam. Eu corria para o fundo do quintal para não ver nem ouvir, mas às vezes ficava e o choro era meu único consolo. Meu pai continuava sua vida como o "boêmio" que pensava ser. Tinha a mania — que nunca li em nenhum manual de conquista — de pegar na mão de toda moça que encontrava e sem sequer pedir licença ir logo alisando, dizia que sabia "ler a sorte" nas linhas e ficava acariciando, até que a "vítima" percebia a "brincadeira" e retirava a mão. Minha mãe, quando presenciava tal fato, quase tinha uma vertigem de raiva.

Nas noites de sábado, no bar da esquina ou em casa, era inevitável o jogo de truco, meu pai era um fanático que só queria ganhar. Parece-me vê-lo ainda, esmurrando a mesa e gritando: "Truco... seis... papudo!"

Os anos se passaram, eu e meus irmãos estávamos casados, todos com filhos, e aos domingos era na casa de meus pais que os encontros aconteciam. Um dia, minha mãe não aguentou mais e quis a separação. Antes de vir para minha casa, rasgou todas as roupas de meu pai e quebrou a flauta de ébano dele, relíquia onde muito raramente ensaiava algumas notas.

Ficaram três anos separados, mas a saudade das brigas falou mais alto, alugaram uma casinha e voltaram a viver juntos. Cinco anos depois, meu pai faleceu e foi enterrado no Cemitério da Saudade, que foi sendo cercado pela cidade — que crescia a passos de gigante e não tinha mais terrenos para vender. Fizeram umas muralhas com gavetas e quem não tinha para onde ir era engavetado em uma delas.

Lembro-me vagamente de ter visto o caixão de meu pai entrar em uma delas, talvez a segunda da quarta fila, ou não. O fato é que não marcaram onde ele estava, logo a seguir outro corpo foi depositado ao lado e então surgiu a dúvida: Quem estava onde?

Fomos avisados que na época de retirar os ossos, teríamos que estar presentes para o reconhecimento. Cinco anos depois, meu irmão foi chamado para ir ao cemitério, mas não quis ir sozinha e nos chamou, a mim e meu marido. Minha filha mais nova, então com 15 anos, fez questão de ir junto:

— Não tenho medo e sei que vou reconhecer o vô!

Ao chegarmos ao cemitério, de longe fomos avistando dois homens quebrando as tampas das gavetas. Quando nos aproximamos, eles já retiravam os caixões, razoavelmente inteiros. Não havia cheiro e a primeira impressão não foi forte. Os coveiros tiraram as tampas e imediatamente reconhecemos meu pai no primeiro caixão. Os homens foram ao segundo caixão, onde um crânio branquinho rolava leve e em poucos minutos recolheram todos os ossos, colocaram em um saco de plástico preto, entregaram ao homem que havia reconhecido sua mãe e ele foi embora rapidamente. Voltaram ao caixão de meu pai e junto com a gente ficaram admirados com o fato inusitado. Disseram que não era comum, mas também não era coisa impossível de acontecer.

O crânio de meu pai não estava "vazio", mas preenchido por uma massa cinzenta como uma argila, e não se via um orifício aberto. Os coveiros tentaram retirar o crânio, mas ele parecia grudado no resto do corpo. O cabelo, ainda liso e esbranquiçado, caiu para o lado, mas o crânio não se soltou do corpo. Então um dos homens o pegou pela gola do paletó, ainda resistente, e deu uma chacoalhada forte no corpo todo. Com a força do movimento, os braços se levantaram bem alto; ao caírem, a mão direita bateu na lateral do caixão e os ossos da mão voaram em todas as direções. Pareceu-me ouvir... "Truco, seis, papudo..."

Paralisados, os dois coveiros ficaram olhando nós quatro correndo em volta procurando os ossinhos. Minha filha, assustada e trêmula, com os olhos azuis arregalados que herdara do avô, chegou perto de mim com a mão espalmada, segurando entre o polegar e o indicador um ossinho branco e torto, enquanto gaguejava...

— É o dedinho do vô!....

O reconhecimento estava feito.

O VESTIDO DELICADO

Como era bonito aquele vestido. Não era caro, mas como ficava bonito no seu corpo delgado. Tinha sido tão cobiçado, sonhou tanto estrear aquele vestido na noite de Natal do ano passado. Conseguiu. Sempre conseguia aquilo que era desejado. Como ficava bonito no seu corpo delgado, aquele vestido tão delicado.

Depois, foi usado em tantas festas que não podia mais usar sem ser notado. Ficou lá, no guarda-roupa, dependurado. Passou o ano, outras modas apareceram e novos vestidos foram comprados, e aí estava outro Natal tão esperado, outro vestido tinha que ser comprado. De pacote colorido, fitas e acessórios ao lado, voltou para casa e o novo vestido foi pendurado. E aquele tão delicado, tão desejado há tantos anos?

Ah! Está fora de moda, já nem é mais lembrado, mas continuava lá, no guarda-roupa, pendurado. E como era Natal, o velho vestido ainda delicado iria ser doado, afinal, precisamos também nos lembrar dos necessitados. Aquele tempo todo no cabide o deixara esbranquiçado, mas ainda assim continuava delicado. Ficou com pena de dar para a empregada, ela era tão gorda, não iria caber naquele colo avantajado e ela nem tinha gostado, nem a empregada teria usado o seu vestido delicado... E ele ficou jogado, nos cantos, desprezado.

Outros Natais se passaram, tanto tempo depois daquele do vestido tão delicado, e outro vestido no cabide dependurado mostrava já não ser seu corpo tão delgado. Assim, o velho vestido delicado, aos cantos relegado, acabou sendo jogado no lixo. Já nem lembrava mais dele quando bem de repente apareceu o seu vestido, aquele tão delicado, no corpo bem delgado de uma menina-moça, criança ainda, de pés descalços, cabelos embaraçados.

Seus olhos arregalados seguiam os movimentos da mocinha, encantada com o lindo vestido tão delicado. Tinha sido encontrado pelo pai, assim ela foi contando, que trabalhava como lixeiro e que pela primeira vez, entre todos os seus Natais, lhe dera um presente tão delicado. Encontrado no lixo, mas como ainda era bonito aquele vestido tão delicado, mesmo desbotado.

Aquela pequena caricatura dela mesma ficou ali, achando gozado o seu espanto pelo velho vestido desbotado e jogado fora, mas ainda assim apreciado. Mal sabia ela, pobre garota, tão linda no velho vestido tão delicado, dos pensamentos desencontrados e do seu remorso por tantas coisas que poderia ter doado.

Doar: este é o espírito do Natal. Mas fingimos não perceber, desligados. Doando amor, enquanto podemos, evitamos deixar os Natais dependurados, aos cantos relegados, porque o Natal é sempre tão delicado.

A CASINHA

Quanto menor, mais fica na lembrança, oculta no mais escuro e inexpugnável recanto de nossa mente, e quando, por qualquer motivo, a recordação é "cutucada", sentimos sua presença e é um filme claro e inapagável que nos vem à mente, tirando o véu escuro que a escondia. Suas paredes, seu telhado, sua cor, seu cheiro, ficam impregnados em nossos sentidos e ao relembrar, parece que estamos outra vez lá dentro.

Era uma sensação de necessidade insuportável que nos fazia procurá-la, essa necessidade pessoal e intransferível de todo ser vivente, que desconhece o motivo verdadeiro dessa imperiosa demonstração de se estar vivo. A beleza do viver, algo sublime que nos é dado, e do qual não sabemos a razão, fica demonstrada claramente em uma casinha.

Não se podia fechar os olhos ao usá-la, simplesmente porque se podia perder a noção do *target*. Não adiantava ir atrás dela, alguém sempre podia ver. Tapar o nariz, coisa que era impossível deixar de fazer, os assíduos usuários nem sequer cogitavam.

Éramos nós, os citadinos, acostumados aos hábitos camuflados, em nossas casas modernas, e em viagem de férias, visitas aos parentes fazendeiros ou, simplesmente, interioranos, que realmente acabávamos conhecendo a incrível "casinha". Da casa grande, lá longe, você já podia adivinhá-la. Ninguém sequer perguntava para que a casinha servia, ela ficava lá, na surdina, esperando, sabia que você ia acabar precisando dela. As crianças, só as de fora, claro, negavam-se terminantemente a usá-la e suas mães tentavam, com suas saias, esconder melhor o ato.

Acho que não preciso me estender mais, vocês já sacaram que estou falando da "fossa", não do tipo que o prestador de serviço vem fazer a limpeza quando está cheia, mas daquelas que pessoas, por este Brasil e mundo afora, ainda usam até hoje. Quadradinha, sempre de madeira escura, talvez pela necessidade de ficar escondida, quando você chegava perto assustava realmente, mas não adiantava, nem se podia fechar os olhos. A gente olhava mesmo para ver se alguém estava olhando você entrar.

O encanto do interior não se acabava por causa do uso da casinha. A gente se acostumava a ela, como nos acostumamos com aquilo que realmente é necessário. Não adianta fingir. Todos nós usamos "a casinha", não importa o nome que se dê a ela. Como dizia meu irmão, "é na hora de ir à casinha que nos tornamos iguais", e ainda ele, "se você se sente intimidado ao lado de alguém, imagine-o na casinha e você sentirá que são iguais".

Não é delicado dizer "vou até a casinha?" Bem, podemos dizer banheiro em seu lugar, *restroom*, lavabo, toalete, sei lá, mas todos vamos... e pronto.

Exatamente por isso algum assíduo frequentador do local o associou ao momento difícil por que passam nossas mentes ao aceitar o fato de que temos de ir até a casinha, melhor dizendo, a fossa, despejar nossas angústias.

DEBAIXO DO VIADUTO

O manto de cerração, úmido e silencioso, envolvia toda a cidade completamente. Aquele velho e pioneiro viaduto, feio e pesadão, atravessa a estrada de ferro e somente o clarão dos pesados trens, a intervalos irregulares, espantava aquela névoa cinza.

A estação de desembarque ficava exatamente sob o viaduto. Uma nova estava sendo construída e, provisória e precariamente, o desembarque era feito ali. Magotes coloridos e barulhentos saíam pelos inúmeros portões giratórios, depois atravessavam uma avenida que passava perto e seguiam para a praça ao lado, onde ficavam os pontos de ônibus.

Nessas noites fofas e impalpáveis ficava ainda mais difícil enxergar a cerca de tábuas velhas e mal colocadas que fechava grande parte dos baixos do viaduto, que era muito largo e terminava bruscamente, formando sob a estrutura uma "sala" ampla.

Aquela cerca malfeita quase chegava ao concreto do fundo. Seguindo-a por toda a volta, se poderia pensar que não havia passagem para entrar, mas os mais atentos podiam ver bem lá no fundo, quase invisível, uma tábua mais larga que lhe servia de porta. Para entrar era preciso abaixar a cabeça, para não tocar no concreto áspero e enrugado. Uma vez lá dentro, alguém menos avisado por certo ficaria surpreso.

Era limpo e arejado; uma outra divisória de madeira, mais bem feita, dividia o vasto salão em duas repartições menores, a que ficava mais ao fundo era escura, e a da frente iluminada fracamente por uma lâmpada baixa, protegida na parte de cima por uma lata aberta como um funil. Aquela proteção impedia que a claridade da lâmpada fosse percebida de fora.

Uma mesa tosca e grande tinha uns doze homens à sua volta, todos sentados em caixotes ou barris. A lâmpada, que estremecia a intervalos com a passagem dos trens e dardejava fracos lampejos nas costas do baralho, iluminava bem o centro da mesa onde ficavam as cartas. Jogavam em silêncio. A fumaça de seus cigarros, somada à cerração que sorrateiramente se infiltrava por entre as tábuas, dava um ar tenebroso ao ambiente.

Uma mulher, velha e resmungona, fazia café num fogão a gás, muito velho, manco e sem a porta do forno. O cheiro da bebida forte fazia os homens torcerem levemente a cabeça em direção ao fogão. Dali a pouco a velha veio até eles com um enorme bule de ferro esmaltado de vermelho, todo descascado, largou-o em cima da mesa e foi até uma prateleira rústica, atravancada de objetos, onde pegou vários copinhos — desses onde se bebe pinga nos bares — e os levou até a mesa, colocou-os a um canto e se afastou.

— Poxa, mãe... podia serví o café, né...

— Oceis num tem mão?

— Dexa pra lá, Raimundo... a gente pega...

— Tá bom... passa os copo...

Raimundo ia enchendo os copinhos e passava ao que estava mais próximo, e este aos outros.

— Tá bom o café, Dona Genu...

— Tá mesmo... eu sempre digo que o melhor café que já

tomei é o seu, Dona Genu...

Um a um, todos elogiaram o gostoso café, mas nem por isso a velha se dignou a dar-lhes atenção. Foi até um canto mais escuro, onde uma cama raquítica e despercebida implorava que ninguém descansasse seus ossos sobre ela. A velha, mirrada e esquelética, não provocou reclamações da cama enferrujada: já conhecia suas manhas e onde devia deitar-se para não provocar chiados e rangidos. Puxou sobre as canelas secas e escuras uma toalha de algodão com franjas esgarçadas. O calcanhar encardido e rachado prendeu as franjas, ficando de fora a exibir as crostas de sua peregrinação. Os olhinhos escuros, cercados de uma teia de rugas incontáveis, fixaram-se nos homens à mesa. Seus ouvidos, apurados pela desconfiança, não perdiam uma única palavra.

Raimundo era seu filho mais moço, mas sempre fora o mais decidido, o que liderava os outros quatro, três cunhados, dois primos, um afilhado e um amigo. Conversavam enquanto bebiam o café, e Raimundo era quem mais falava:

— Pedi pro Roca avisá oceis queu queria conversar hoje com todos... — sua voz fininha, às vezes grossa, provocava movimentos ondulantes na fumaça cada vez mais espessa.

— Sabe, Raimundo, eu quasi qui num vinha!...

— E por que... posso saber?

— A Rosa tá praqueles dias e fiquei com medo de dexá ela sozinha lá no barraco...

— Traz ela pra ficar esses dias aqui....

Um resmungo despercebido partiu dos lábios da velha. Sabia que era sempre mais trabalho para ela. O filho queria ajudar todo mundo, e trazia todo tipo de pessoas para o refúgio improvisado, mulheres grávidas, velhos trêmulos e alquebrados, crianças abandonadas, moças desempregadas, malandros... Todos eram recebidos, tratados, alimentados e

MARIA ANNA MACHADO

depois de algum tempo levados para algum lugar arranjado por Raimundo.

Por sua localização privilegiada para esse tipo de ajuda, o lugar mais parecia o albergue noturno da cidade, menos procurado do que aquele buraco nos baixos do viaduto. Muitos nordestinos ao desembarcarem na movimentada estação traziam já nas mãos a indicação: num papel roto e engordurado lia-se "Baixos do Viaduto".

— Bem, gente, esses dias vai chegar aqui vindo do Crato uma leva grande e não sei onde ajeitá todo esse pessoal.

— São parente, Raimundo?

— Não, mas são gente indicada pelo Belmiro, gente que merece nossa ajuda e quero saber quem pode ajeitá alguns e por quanto tempo.

— Olhi, si é pra logo, umas treis pode ficá lá em casa...

— Vou marcando... quem mais?

— Na minha casinha dá pra ficá dois...

— Tá bom, Zé... já são cinco, e vêm treze...

— Pra quando eles vão chegá?

— De hoje uma semana contado...

— Intão lá em casa num vai dá! Descurpe, mas estou com os parente da Chica e eles só vão embora daqui a 20 dias..

— Num tem importância, Rubião, vai ter mais lugar, ocê vai ver...

E assim, jogando e assuntando, ficaram até tarde da noite. A velha já roncava quando todos foram embora. O ruído e o trepidar dos pesados caminhões e o barulho ensurdecedor dos trens vibravam sobre todas as pessoas que dormiam ali em baixo, fazendo com que todos madrugassem. E uma voz ardida enchia e extravasava os ouvidos de todos...

— A gente tem que levantar cedo, e esse besta do Raimundo vive a trazer gente pra ficar até tarde!!!

76

— Ele só qué ajudá os otro, né, Alzira!

— É, dona Genu, ele só pensa em ajudar os outros, pra mulher e o filho ele nem te liga!

— Ocê é mulher insatisfeita, Alzira! E isso num é bom...

— Num é bom, num sou boa e nem quero di ser. Adianta muito o seu filho sê bom... Qui ele ganha com isso?

A velha Genuflexória, Genu para os familiares e amigos (bem melhor assim, decepado), não tinha realmente o que responder. Ela própria, às vezes se cansava de cuidar de feridas, almas e até mesmo bolsos... Era difícil para eles se manterem e conseguirem dinheiro para alimentar tanta gente da família e ainda esses hóspedes fugazes e constantes, que muitas vezes, se não passavam fome, andavam esbarrando nela a toda hora.

Ali, debaixo do viaduto, junto com o filho e dona Genu, viviam Alzira, mulher do Raimundo, Roca, único filho dos dois, e também a filha mais velha de dona Genu, viúva, doente e com seis filhos para cuidar. A neta mais velha, Almerita, trabalhava como empregada, e os dois meninos mais velhos, um de treze e outro de onze, engraxavam sapatos na estação de trem. Raimundo trabalhava como servente de pedreiro, e nas suas andanças para ajudar os outros perdia horas de trabalho, e muitas vezes também o emprego. Alzira também trabalhava fazendo limpeza de prédios de escritórios. E era só. Dois adultos ganhando o mínimo e três crianças que pouco ou quase nada ganhavam, para sustentarem onze pessoas... não, doze, porque também morava lá, em definitivo, dormindo num cantinho da "sala" em uma esteira com um colchão velho por cima, o amigo do Raimundo.

Deste, sim, a velha não gostava. E justamente com esse moço a Alzira não implicava, aliás, tinha até modos diferentes no trato com ele, coisa que a velha, já muito vivida, tinha percebido. Raimundo saía cedo para o serviço, logo depois saia

Almerita, e logo a seguir Alzira, e com ela sempre ia o Aristeu, o amigo do Raimundo, que tinha sido trazido por ele há uns seis meses, magro, doente e esfomeado. Muito moço, estava agora com vinte e oito anos. Tinha vindo do interior de São Paulo há quatro, em busca de um trabalho mais fácil que o da enxada.

Arranjando trabalho aqui, acolá, sempre mudando, descobriu logo que o trabalho da enxada não era o mais pesado: ganhando pouco, gastando mais do que podia, ficava num lugar até suas dívidas ficarem além de sua possibilidade de pagar, então se mudava para onde ninguém poderia reconhecê-lo.

Alzira tinha suas razões para implicar com Raimundo. Ele tinha começado a ajudar algumas pessoas realmente levado pelo desejo de ajudar, mas daí a ser um bom samaritano, havia léguas de distância. No entanto, gostou de bancar o bom moço, emocionou-se com os agradecimentos, assoberbou-se com os elogios. Era agradável perceber nos olhos do próximo um ar de admiração e respeito. Seu porte franzino e empertigado fremia com os comentários que faziam à sua passagem.

— Olha lá... aquele lá é o Raimundo. Cara bom tá ali!

— Já me disseram que é um santo homem...

Mas então ele começou a se exceder. Não distinguia mais os realmente necessitados dos que abusavam de sua "generosidade", e dava o pouco que deveria ser de sua família, além de trazer para seu precário refúgio, que conseguira por sorte, todo tipo de pessoas. Ao trabalhar ajudando a fazer aquela cerca nos baixos do viaduto, tinha procurado se esforçar e agradar o encarregado, que o deixou ficar morando lá. Como nunca ninguém o mandou sair, acabou trazendo toda a família.

Encontrou o amigo, doente e fraco, deitado nas escadas

da estação e o levou para sua casa — era assim que ele agora descrevia seu abrigo provisório. Exímio adulador, descobriu rápido como agradar a Raimundo e tornou-se uma figura a mais na escuridão sob o viaduto, sendo considerado por Raimundo o seu melhor amigo! Um melhor amigo que todos os dias acompanhava sua mulher até o trabalho e se insinuava.

— Alzira, por que hoje, em vez de ir trabalhar, você não vai ao cinema comigo?

— Num posso, Aristeu. Preciso do dinheiro, o que o Raimundo ganha num dá nem pra uma semana, e com toda aquela gente que ele traz pra dentro, fica ainda pior!

— Ora, eu vou arranjar emprego e dou o dinheiro pra você!

— Você diz que vai arranjar emprego deis de que chegou, faz mais de seis mes...

— Mas eu estive doente!

— É, mais sarô bem depressa!

— Estava fraco e estava difícil arranjar serviço! Vamo comigo, vai?

— Você tem dinheiro?!

— O Raimundo me adiantou uns realzinho!

— Aquele besta num tem jeito mesmo...

— Ué, você ficou zangada porque ele me emprestou dinheiro?!

— Emprestou, é? Ainda se fosse só pra você...

— Ah, bom... pra mim pode, né?

— Ele num tem nem pra comprá o sapato do filho, vê se pode dar pra alguém...

— Mas ele num deu... só emprestou...

— Pois sim...

— Deixa de conversa boba... vem comigo...

— Num posso...

— Num pode... ou num quer?

— Num posso mermo, mas olhe, se esse besta de Raimundo continua a fazer besteira, eu saio com você, só pra me vingá...

— Que isso, Alzira... pra se vingar, ou por que você gosta um pouquinho de mim?

— Ah... deixa pra lá... tchau...

— Tchau... promete que um dia desses você vai comigo...

— Num prometo nada...

— Ruindade...

— Bobo...

A vida estava ficando cada vez mais difícil para os moradores dos baixos do viaduto. Raimundo passava a maior parte do tempo procurando casa, remédio, trabalho para uns, dinheiro para outros. Para manter esse ritmo de "ajuda ao próximo", começou junto com o Aristeu, a "apropriar-se" de coisas alheias.

Sua "aura" brilhava cada vez com mais esplendor. Para seu filho Roca, menino vivo e alegre, de onze anos, ele era Deus, mais até, pois o pai estava ali, ao alcance de seus carinhos e olhares, ao passo que Deus era apontado, implorado, mas não estava ao alcance de suas mãos curiosas e carentes.

Quando Raimundo chegava em "casa", era visto de longe por Roca, à espera do pai, encarapitado em cima do viaduto na cerca baixa que circundava as beiradas. Ficava sentadinho lá por horas a fio, na mureta bem em cima do cercado, de onde saía um fio que ia até um barzinho, logo ali na esquina, que fornecia ilegalmente a luz para o refúgio. Quando o pai chegava com um novo "hóspede", Roca ia todo feliz ao seu encontro, corria lépido e o abraçava pela cintura. Este retribuía, distraído; às vezes apresentava o garoto: "Este é o meu filho Roberto

Carlos, mas pode chamar de Roca, que é o apelido dele!" Depois do ligeiro cumprimento, sempre vinham as mesmas palavras, ditas de modos diferentes: "Você é um menino de sorte. Tem um pai que é um santo!" Tanto o garoto como o pai estremeciam de orgulho e satisfação.

O pai era seguido por todos os cantos. Onde quer que fosse, o filho, qual um cãozinho devotado e amoroso, enroscava-se a seus pés. Os olhos negros e cândidos despediam chispas de adoração. Raimundo se aborrecia com o apego incômodo do filho, mas sua imagem de bom homem não permitia que tratasse mal o garoto. A tolerância era confundida com bondade e o garoto se entregava a um amor absoluto e exclusivista. Ninguém mais para ele tinha importância. A mãe trabalhava o dia todo, e quando estava em casa, vivia reclamando do pai, atraindo com isso o ódio do filho. A avó, ocupada em cuidar da filha doente, dos outros netos pequenos, da casa e de "amigos" do Raimundo, tinha pouco tempo para Roca, a quem só se dirigia ao chamá-lo para comer.

Raimundo continuava com suas "obras de caridade" sem embargo algum, pelo contrário, dedicava-se cada vez mais a ajudar os amigos. Roubava, pois esta é a palavra exata para o ato de apropriação que praticava, quando pensava tirar de quem tinha muito para entregar aos que nada tinham. E assim, sua qualificação de bom homem aumentava a cada dia, e tornou-se uma obsessão. Conservar seu bom nome era questão de vida ou morte, preferiria morrer a que alguém lhe turvasse a imagem com uma simples dúvida que fosse, e nisso era ferrenhamente ajudado pelo inseparável amigo Aristeu, que sempre descobria algo fácil de ser surripiado. Iam para longe, para bairros mais ricos e completamente estranhos para que não fossem reconhecidos.

Raimundo perdera a noção do bem e do mal. Roubava

e se perdoava, honra seja feita: realmente dava tudo que roubava. Perdera também a capacidade de percepção do que o rodeava, pois ignorava que seu amigo Aristeu, ao contrário, vendia tudo que roubava e usava o dinheiro para atraiçoá-lo conquistando sua mulher. Nem sequer se dera conta de que sua mulher não resmungava nem ralhava mais. Deixava-o em paz, ela também completamente absorvida pelos próprios problemas.

Raimundo estava mais pobre do que nunca, e sua velha mãe, cada vez mais alquebrada, tentava chamá-lo à razão abanando a cabeça, mas era inútil. Somente a velha parecia notar a tempestade que se avizinhava, a borrasca que se formava em torno do pobre refúgio e que ameaçava devastar o buraco nos baixos do viaduto.

Uma tarde, quando Dona Genu estava sentada numa lata de querosene vazia, do lado de fora do cercado, apreciando o vaivém constante do povo que entrava e saía da estação de trem, um homem com uma pasta debaixo do braço aproximou-se dela.

— Desculpe minha senhora, é aqui que mora o Raimundo Bezerra?

— Sim, sinhô...

— Tenho um aviso da Prefeitura para ele!

— É só com ele que o sinhô quer falar?

— É sim, preciso entregar este papel pra ele pessoalmente.

— Intão o sinhô espera um pouco, logo ele tá chegando...

Realmente, dentro em pouco Raimundo chegou, passando em frente à estação, onde várias pessoas o interceptavam para cumprimentá-lo, dar-lhe um aperto de mão ou mesmo lhe pedir algo. E ele, sorridente e amável, com seu ar tímido, atendia a todos. Enganava os outros, e pior, a si mesmo. Ao aproximar-se do cercado, notou a presença do homem estranho, parado ao lado de sua mãe. Desconfiado e com medo, perdeu o ritmo ágil e se aproximou receoso.

— Raimundo, esse moço tá procurando ocê!

— O senhor deseja?

— Sou funcionário da Prefeitura e mandaram-me avisar o senhor que é para sair daqui dos baixos do viaduto, para ir procurar outro lugar para morar. Aqui tudo vai ser derrubado!

— Nós estamos aqui há mais de cinco anos, não dá pra falar com o Prefeito?

— Não vai adiantar nada. Tudo aqui deve estar liberado, vem gente do Governo Federal e o Prefeito quer ver tudo limpo.

— Mas não está sujo!

— É. Mas querem derrubar a cerca, está feia, acho que pensam que ainda guardam ferramentas aí dentro.

Dona Genu sentiu bem lá no fundo, uma sensação gostosa que foi invadindo todo o seu corpo, acabando dependurada nos lábios crestados, que, num repuxo leve, davam um trejeito de sorriso. O filho notou e não compreendeu.

— Mãe, como vai ser agora? Onde é que vamos morar?

— Ói, fio, há tempos já eu tô pensando da gente se mudá lá pra favela da Vila Prudente. Minha comadre veio aqui outro dia e me contou que lá é fácil de arranjá emprego pra toda essa criançada. E tem barraco pra alugá.

— Mas, mãe... e todo esse pessoal que eu ajudo aqui?

— Lá ocê encontra outros que também precisa...

— Não, mãe... lá eles são muitos. Tive lá uma vez e eles não dão confiança pros novos que chegam, e nem me conhecem...

— Co'o tempo ocê fica conhecido!

— Meus amigos, meus conhecidos, todos moram por aqui. Se tiver mesmo que sair, vou procurar um lugar por aqui.

— Tá bom... vai procurar então...

Conversavam entre si sem dar atenção ao homem, que acabou saindo sem se despedir. Assim que ele foi embora, os dois penetraram no cercado. A velha foi cuidar da comida, os outros começariam a chegar dali a pouco e seria preciso esquentar as sobras do almoço.

Raimundo sentou-se à mesa com os cotovelos apoiados, a cabeça entre as mãos e lá se deixou ficar. Os outros foram chegando, e a irmã de Raimundo, que só saía da cama por algumas horas, achegou-se e se sentou na frente dele.

— Que foi, mano, parece triste!

Todos já haviam percebido a atitude estranha de Raimundo, e Roca mais do que todos; rodeava o pai sem ter coragem de perguntar o que havia, muito menos de tocá-lo.

— Sabe, Firmina, veio um homem da Prefeitura e deu um prazo de trinta dias pra gente sair daqui!

— Virge Maria... — a exclamação aflita atraiu a atenção de Alzira e Aristeu, que estavam mais afastados.

Este se aproximou de Raimudo e perguntou:

— Que é que tá acontecendo, amigo?

— Senta aí, Aristeu. Como é que vamos fazer agora? Temos trinta dias pra sair daqui.

— Mas temos mesmo que sair?

— Num tem jeito, eles vão derrubar tudo!

Houve um silêncio estranho, pois até as crianças ficaram quietas, tornando insuportáveis os ruídos dos veículos que passavam sobre o viaduto. Comeram sem vontade a mistura escura e fumegante que a velha punha nos pratos fundos, todos já meio lascados nas beiradas. Raimundo mal tocou na comida.

— Vou sair um pouco, ver uns amigos. Quer vir, Aristeu?

— Não, Raimundo, tenho umas coisas pra fazer!

— Então eu já vou...

Cabisbaixo, saiu sem nem ao menos olhar para o filho que o seguiu por um bom pedaço do caminho. Depois, vendo que o pai seguia ligeiro sem prestar-lhe atenção, voltou para o viaduto, cismado e sisudo. Do lado de fora viu sua mãe e o Aristeu conversando. Ficou parado do lado dos dois.

— Menino, vai já pra dentro, tem que fazer, não?

Vacilante, como quem vai ou não vai, Roca balançava o corpo espigado, ora sobre uma perna, ora sobre a outra. Alzira, impaciente com a presença do menino, deu-lhe um piparote na cabeça e energicamente lhe disse:

— Quando a mãe fala, vê se obedece rápido, ouviu? Puxa-saco do pai!

O menino mais ofendido com as palavras do que machucado pelo coque, embarafustou rápido para dentro do cercado.

— Essa peste de menino só sabe agradá o pai!

— Pois então, agora você deixa ele com o pai e vem comigo!

— Não sei, Aristeu....

— Como, não sabe... saindo daqui, onde é que todos vão morar? Numa favela? Você
quer ir também?

— Deus me livre...

— Então, sabe, eu tenho uns bons cobres guardados, se a gente for embora amanhã cedo, a gente aluga um cantinho e compra uma porção de coisas bonitas pra você!

— E para onde a gente vai?

— Para um lugar onde ninguém conheça a gente.

— Num sei...

— Ê... chega de num sei! Olhe, eu vou pegar o trem das sete e trinta, se você não vier comigo, azar o seu. Vai ficar a vida toda numa favela, porque é pra lá que vocês vão!

— Tá bem... eu vou...

— Isso, Alzira. Assim que eu gosto, mulher decidida, que sabe o que quer!

— Mas, olhe... se algum dia você me deixar, eu te mato...

— Ora, boba... eu gosto de você... acha que vou te largar?

— Sei lá...

— Bem, então até amanha cedo. É bom a gente entrar, porque a velha já veio umas três vezes espiar lá da porta.

— Ufa... só de pensar que vou ficar livre dela, já vou me sentir melhor...

Alzira entrou e foi direto para o quarto. Lá começou a arrumar alguns vestidos, umas poucas roupas brancas e uma sandália vermelha que ganhara do Aristeu. Amarrou tudo com uma toalha velha. Ao sair de manhã, não queria que perguntassem o que estava levando, e caso perguntassem, diria que estava levando trapos para limpeza.

Deitou sem um olhar ao menino que, numa cama improvisada num estrado de molas no chão, tinha os olhos estatelados, fixos no fundo negro e invisível do viaduto. Pensava: *Quando eu for grande, quero morar num quartinho em qualquer lugar, mas tem que ter uma janela, por onde, quando estiver sem sono, possa ver o céu, as estrelas, a chuva, a lua ou até mesmo a parede de outra casa, e onde não exista sobre mim esse peso escuro e barulhento que num me deixa sonhar. Que bom que a gente vai embora!* Também estava contente com a esperança de novos horizontes, que por certo logo viriam.

No dia seguinte, Raimundo chegou mais cedo do trabalho. Roca, em seu posto, viu-o de longe e, como sempre, foi correndo encontrá-lo. Instintivamente, percebeu algo estranho nos modos do pai e não se atreveu a tocá-lo.

— Vida excomungada essa! — xingando e chutando tudo com que se deparava, entrou no cercado.

— Ué, fio, chegou cedo. Tá zangado?

— E num é pra estar, mãe? A gente ajuda todo mundo, e na hora que precisa, num tem ninguém pra dar a mão!

— Já te falei, fio... nóis vamu pra Vila Prudente....

— Num fale mais isso! Num vou pra favela, num quero sair daqui de perto — e pensava: *Como iria pra longe, onde ninguém sabia das suas "bondades", do seu prestígio? Ali perto da estação é que tinha a facilidade de encontrar novos amigos vindos de longe, com endereço certo e precisão de tudo.* — Mãe, onde está o Aristeu?

— Sei não, fio... saiu de manhãzinha e num voltô ainda... — ia acrescentar que Alzira também estava atrasada, mas o filho não notava nada daquilo, não lhe interessava, sua mulher não contribuía com nada, não queria mais ser notada, nem sequer ralhava com mais ninguém.

A noite caiu rápida e úmida. Uma garoa gélida penetrava junto com o vento que assobiava sobre o cercado, passando rente ao fundo de concreto. A lâmpada parecia um vagalume zonzo, sendo empurrado pelo vento, e aquele balançar incessante punha em foco todos os recantos do cercado, qual luz estroboscópica e anêmica reverberava por todos os bancos, tornando-os rubros e assustadores.

A criançada miúda foi arrebanhada e posta na cama de casal, onde dormiam quatro. Na sala, debruçado sobre a mesa, na mesma posição, Raimundo parecia dormir. A velha Dona Genu, esticada na cama e os olhos cravados no filho, mal respirava. Firmina, sentada a um canto perto do fogão, tinha trejeitos de louca e balançava em câmara lenta o corpo macerado, a ninar um bebê imaginário. Do outro lado da mesa, onde Raimundo dormitava, estavam Almerita, os dois irmãos mais velhos e Roca. Os três meninos discutiam baixinho:

— Não, Roca, você tem menos que nóis! O Chico fica com mais, eu fico com isto e ocê com dois real.

— Mas eu também ajudei a engraxar!

— É, mas a gente ganha mais "pedindo", e ocê não gosta. Tem vergonha...

— E tenho mesmo! Dinheiro a gente ganha trabalhando, não pedindo!

— Intão num reclama! O que ocê engraxou num dava nem isso que a gente te deu...

— Ói, Roca... se ocê quer ganhar mais, trabalha mais, em vez de ficar um tempão sentado lá no viaduto, esperando teu pai!

— Você não tem nada com o que eu faço! — Roca levantou tão rápido que derrubou o caixote onde estava sentado. O pai teve um estremecimento.

— Qué que foi isso?

— Desculpe, pai, foi sem querer...

— Diacho de menino desastrado! Que é que tá fazendo, acordado até essa hora? Anda já pra cama! Alzira!? Peste de mulher. Onde está essa excomungada?

Os meninos, assustados com a explosão, foram cada qual para o seu canto.

— Mãe, onde onde é que se meteu a Alzira?

— Sei não, fio...

— Mas como... num veio do serviço?

— Num veio, não...

— E por que a senhora não me falou?

— Ora, ocê num perguntô e às vezes ela chega tarde. Vai vê, daqui a poco tá aí!

— Mas isso não são horas de chegar! A senhora não viu que já passa das dez?!

— O relógio tá adiantado...

— Tá não!

Raimundo se levantou. Agora parecia preocupado com a mulher. Pensou em sair e ir ao seu encontro, mas isso é que não! Imagina, homem andando atrás de mulher, de jeito nenhum. Sua sombra, ora pequena e fina como um duende, ora alta e longa parecendo um gigante, criava desenhos e formas extravagantes por toda a sala. O barulho dos veículos retardatários estremecia a espaços irregulares o velho viaduto. O tempo voava, carregado pelo vento que trespassava o cercado. O último trem, que passava à meia-noite e quarenta, já havia deixado a estação silenciosa e nada da Alzira.

Os olhos de Raimundo buscaram com ansiedade os olhos acesos de sua mãe.

— Mãe... que será que aconteceu?

A velha não respondeu.

— Mãe... o Aristeu também sumiu... ele disse alguma coisa pra senhora?

Silêncio.

— Mãe, acho que vou até o serviço da Alzira... mas... não adianta... o prédio fica fechado de noite, então acho que vou até a polícia... — com essa seu coração deu um salto. Queria distância da polícia.

Dona Genu se levantou.

— Fio... senta aqui... vamu conversá....

— Conversá o que, mãe! A Alzira sumiu... O Aristeu também... e a senhora quer conversar? — parou de falar, e as últimas palavras pareciam dar pulos loucos em seu ouvido, "a

Alzira sumiu... o Aristeu também... a Alzira sumiu... o Aristeu também..."

Um peso enorme parecia empurrar seus ombros, obrigando-o a se sentar.

— Fio... num sei... a gente é mãe... num sabe como fala essas coisa... ocê no fundo é bão... num merece... mas ocê ainda tem eu, o Roca, os amigo... tanta gente pra ajudá... num deve de ligar pra isso, não...

— Do que é que a senhora tá falando?

— Sua mulher... seu amigo...

— Que tem eles?

— Ocê nem imagina?

— Fala logo, deixa de lengalenga. O que têm eles, fala logo!

— Bem, pode ser quieu teja enganada...

— Enganada com quê?

Nesse jogo de palavras, os dois apalpavam o terreno. A velha tinha certeza do que pensava, Raimundo tinha medo do que pensava e os dois hesitavam em falar claramente. Raimundo deu um murro na mesa, mas nenhum dos moradores acordou, estavam acostumados com os estrondos dos carros e caminhões sobre o viaduto. A irmã, parecendo despertar, se levantou e sumiu no seu canto.

— Conta logo de uma veiz... o que a senhora sabe?

— Acho... acho qui eles foram simbora junto...

Raimundo tinha calafrios e ligeiros estremecimentos.

— Faz tempo já, eu desconfiava deles, mas ocê num ligava pra sua mulher... e aquele desavergonhado se aproveitou disso. Mas deixa estar, eles vão pagá... um merece o outro... — a velha continuou falando, mas Raimundo não escutava mais.

O que faço agora? Todo mundo vai rir de mim! Minha mulher... meu melhor amigo... não vou mais ter coragem de

olhar pra ninguém... agora, em veiz deles dizer "olha, lá vai Rai-
mundo... bom moço tá aí...", agora vão dizer... "lá vai o cor-
nudo..." Quer dizer que em em veiz de santo, agora sou corno?
Triste sina trocá a orela pelo chifre — Raimundo cedia a esses
pensamentos odientos e acabrunhantes, cedia, sem um gesto
sequer de revolta. Não nascera para lutas, para bravuras, muito menos para revolta. Queria viver sossegado, praticar suas
boas ações e receber elogios por elas, tapinhas nas costas, ser
apontado pelas pessoas como homem bom. Agora viriam as
suspeitas, então ele não era tão bom assim, pois do contrário
a mulher não o teria deixado, ainda mais para ir embora com
seu melhor amigo.

E nesse desespero calado, nem por um momento sentiu
tristeza por ter perdido uma amizade, nem amargura por ter
perdido sua mulher. Somente seu ego estava ferido, somente
sentia que com a fuga dos dois perderia seu prestígio.

A noite infindável, por fim cedeu lugar ao dia. O barulho dos veículos madrugadores, tirou Raimundo de um sono
agitado e entorpecedor. Os moradores do cercado se levantaram, cada qual fazendo as coisas de costume. Somente Raimundo continuava na cama, dura e encaroçada. O sol, que de
manhãzinha, por ficar abaixo da linha do viaduto, conseguia
penetrar um tantinho pelas rachaduras das tábuas, iluminava
o espaço melhor do que a lâmpada da noite.

Dona Genu preparou o café gostoso e levou para o filho,
que continuava na cama. Somente depois de muita insistência,
Raimundo, languidamente, colocou as pernas cabeludas para
fora das cobertas velhas e remendadas.

— Mãe... se alguém me procurar, diz que não estou...

— Raimundo, ocê não vai podê ficá assim pra toda vida,
quanto mais cedo ocê reagi, melhó procê... tem que procurá
um lugar pra gente se mudá...

— A senhora falou de ir pra favela... será que dá pra ir logo?!

— É preciso falar co'a comadre... levanta... vai falá co' ela...

— Não... eu é que num vou... vai a senhora...

— Tá bem... escutô? Parece que tão batendo...

— Vai lá e se for pra mim diz que num tô...

A velha foi arrastando uns chinelos grandes e feios, que nesse momento lhe parecia de chumbo. Na porta do cercado estavam dois policiais. Uma viatura policial estava parada ali perto, na avenida, quase debaixo do viaduto.

— Aqui mora um moço chamado Aristeu dos Anjos?

— Morava, mas foi embora onti...

— E um tal Raimundo, está?

— Não, sinhô, tá trabalhando...

— Bem, a senhora diz pra ele que a gente volta, nós não temos nada contra ele, mas aquele tal de Aristeu anda vendendo coisa roubada e como fomos informados que os dois estão sempre juntos, estamos investigando.

— Meu fio num é capaz de roubar nada, não sinhô, ele só ajuda os outro...

— Pois é, dona, mas ajuda com o dinheiro dos outros — sem dizer mais nada, entraram na viatura e partiram.

A velha não sabia como contar ao filho o que acabara de ouvir. Voltou para perto dele e se sentou na beirada da cama, desanimada.

— Quem era mãe?

— A polícia...

Seus olhos arregalados denunciavam claramente para a mãe, que o conhecia muito bem, todo o pavor que Raimundo sentiu.

— Estão atrás do Aristeu... eu sabia que aquele moço

não prestava... e vai vê, levou ocê também pro mau caminho...

— Deixa disso, mãe, eu num fiz nada....

— Então por que esse medo da polícia?

— Ora, e quem é que num tem?

— Quem num fez nada de errado!

— E eu fiz?!

— Sei não...

Dona Genu foi cuidar de seus afazeres e o filho continuou ali, com sua cisma e os pensamentos que lhe davam calafrios: *Vai vê, o desgraçado fez de propósito. Vendeu o que roubou, sem tomar cuidado. É bem capaz até de ter planejado alguma coisa contra mim. O safado. Mas eu ajudei ele, por que fez isso? Carregô com a Alzira, me deixou sem mulher e meu filho sem mãe. É bem capaz de ter deixado alguma pista por aí e se a polícia descobrí, aí então é que tô perdido mesmo. Além de perdê meu prestígio, meu nome que todo mundo respeita, ainda posso perder minha liberdade. Não, eu não vô suportá isso!*

Levantou uma beirada do colchão e de lá tirou um embrulho de jornal, desatou o barbante, desenrolou o papel que amassou e jogou debaixo da cama. O frio do metal de uma peixeira fazia bem ao calor nervoso de suas mãos trêmulas. Alisava o cabo do punhal e espetava a ponta muito fina da lâmina na ponta do polegar. *Se alguma coisa pior acontecê, eu me mato. Não vô deixar ninguém rindo de mim. Morto, ao menos, vão me respeitá, pelo menos vão ter medo de falá mal de defunto.*

Para esse homem cheio de defeitos, cheio de orgulho mesclado com falsa honestidade, falsa bondade, ingênua confiança, enfim, uma mistura de virtudes e defeitos, matar-se representava uma atitude digna e correta, um ato de coragem, não de covardia. Para ele não existia um par de olhos, irrequietos e meigos, que o espreitavam incessantemente. Nada mais importava, tudo era encoberto por sua "aura", mais desejada do que merecida, e agora presa a um nada. Não poderia mantê-la límpida e refulgente, seria impossível continuar a enganar os outros. *Iriam dizer que sua mulher tinha ido embora e levado com ela muito dinheiro que ele conseguira vendendo as coisa roubada.* Esses pensamentos, que eram certeza em sua mente, o abatiam, e ele não conseguia sair da cama, muito menos do cercado.

Nem Roca. O pai ficava na cama, o filho ficava indo e voltando do quarto até a sala, inquieto, tantas vezes quantas fossem necessárias para sabe se estava em ordem. O pai enxotava o menino, aquela presença preocupada desviava um pouco seus maus pensamentos, ele usava o menino como mensageiro, criado, tudo... menos como filho. Se dirigia a palavra a ele era apenas para mandar ou pedir algo. Se nada tinha a pedir, deixava-se ficar na cama, os olhos grudados nas "costuras" do concreto, a faca pontuda pousada sobre o peito. E monologava, sabendo que o filho bebia suas palavras.

— A vida é ingrata. Só fiz o bem, ajudei todo mundo, perdi até o emprego pra ajudá os outro. Trouxe o Aristeu pra cá, mais morto que vivo, e era amigo dele. Dava até dinheiro para ele. E o que ganhei?! Levou minha mulher, aquela desavergonhada, dei tudo pra ela, se num dava mais é porque num tinha. E o que ela fez? Me abandonô, manchô meu nome limpo e respeitado. Agora, ninguém me qué, nem me ajuda. Tô sozinho. É bem mió morrê que vivê disgraçado. Alguém seje meu defensor e cobre daqueles dois o que me fizero. Quando os dois forem pro inferno, vô discansá em paz — palavras terríveis cravadas a fogo no coração do menino.

Roca queria dizer ao pai que não pensasse em morrer, que ele seria seu justiceiro, que iria matar os dois, mas que o pai precisava ficar ali, com ele. Mas as palavras endureciam em sua garganta, formando um bolo duro e doído, seus olhos refulgiam de lágrimas contidas e não entendia, inocente criança, a maldade desse homem que espargia fel sobre uma alma que mal despertava para a vida, contaminada através do amor filial pelos mais profundos sentimentos de ódio. Seu pai, Raimundo, revelava a alma vil e mesquinha, baixa e rancorosa, sem sentimentos, que habitava seu corpo desleixado. Percebia o olhar de fogo do garoto e prosseguia na sua litania.

— Quem irá me defendê? Quem dirá do pai ultrajado e abandonado? Meu filho inda é criança, seu braço é fraco. Quando crescê, com certeza, se encontrar a mãe, vai esquecê os horror que o pai sofreu — a voz, propositalmente teatral, infundia terror no pobre pequeno, que não tinha ânimo para responder, para gritar a esse pai que essas palavras jamais seriam esquecidas, não sairiam de seu coração.

Sentado aos pés da cama, numa trouxa de trapos, parecia feito de pedra. Seu olhar quente e feroz dizia ao pai aquilo que os lábios se negavam a pronunciar. Raimundo, num sadismo cruel e irrefreável, despejava sobre o filho sua ânsia de provocar em mais alguém um sofrimento pior do que o seu, e em gestos lentos e premeditados, pegava a delgada faca, que aprumava sobre o próprio coração, e num fio de voz, murmurava.

— Num sô eu que me mato. Quem empurrou esta faca foram aqueles dois maldito, eles é que deve de ser culpados de minha morte — e mansamente calcava a lâmina pontiaguda até senti-la ferindo a pele. À picada, parava e tombava a arma, sustando no meio a investida do menino, que, desesperado, ia tentar refrear o gesto tresloucado. O desespero ainda não tinha sido aguçado ao ponto de se matar.

Enquanto os dias se passavam, esperando que os acontecimentos não trouxessem consequências e torcendo para que a polícia não encontrasse nada, a esperança sustinha sua mão, contribuindo para que esse homem sem escrúpulos marcasse indelevelmente a criança infeliz. Vigiando o pai, dia e noite, o menino sumia a olhos vistos. Somente saia de seu lugar junto à cama para o estritamente necessário, ou quando o pai o mandava assuntar alguma coisa lá fora. Cochilava intranquilo, com a cabeça pendida sobre o peito, enquanto o pai roncava forte na cama.

A velha Genu, única pessoa com acesso ao refúgio, sentia o desespero do neto e a incapacidade do filho de compreendê-lo, e chorava por eles. Não sabia das intenções do filho nem suspeitava de seus monólogos cruéis. Os sussurros do filho, lá do outro lado da repartição, faziam-na acreditar que este consolava o filho, falando de outros assuntos... e por isso não estranhava o apego ferrenho do neto, que não saía um minuto de perto do pai. Depois de vários dias naquela situação, Dona Genu entrou no quarto de repente, desesperada:

— Fio, ocê tem que fugi, levanta... anda!!

— Que foi, mãe?

— É o Alvacir, ele veio contar que a polícia descobriu que você e o Aristeu roubavam muita coisa...

— É mentira, mãe... quem roubava era o Aristeu!

— Sei... eu acredito, mas dizem que o Aristeu deixou o nome dele e o seu em muitos lugar e os que comprava reconhecero um retrato seu e a polícia vem aí pra prender ocê! — e a velha chorava, aflita.

Raimundo, que aos gritos da mãe havia se levantado da cama, deitou-se novamente.

— Tá bem, mãe... vai preparar alguma coisa pra eu comer, que eu vou fugi...

A velha, enxugando os olhos com a ponta da blusa, saiu do quarto. O menino, que tinha ouvido calado, sem sair do lugar, tinha os olhos cravados no pai.

— Roca, vai lá fora e fica vigiando, vê se a polícia chega por aí!

O menino se levantou lentamente, mas suas pernas se negavam a andar. Convulsões espasmódicas revolviam seu estômago. Com verdadeiro sacrifício, foi até lá fora, olhou o movimento agitado das pessoas apressadas que saíam da estação, o vaivém dos carros e ônibus, as buzinadas estridentes de um engarrafamento no viaduto, tudo isso através de um véu de lágrimas, mas de carro da polícia, nem sombra. Voltou ligeiro para dentro. Atravessou a primeira repartição e entrou no lugar que era o quarto do pai. Uma penumbra suave escondia a fealdade do ambiente. Seus olhos foram rápidos até a cama do pai, onde Raimundo, num último gesto cruel e desumano, esperava somente ver os olhos esbugalhados do filho para, com um golpe brutal, enterrar a fina lâmina no peito, no lugar onde deveria estar seu coração, caso o tivesse.

As pernas rijas vibraram como as cordas de um arco retesado ao máximo, e, como uma flecha, o menino voou até a cama. Na ânsia desesperada de conter o gesto, caiu sobre o pai, ajudando com seu peso a enterrar mais fundo a lâmina. Um berro alucinante saiu de sua garganta, e puxando a faca com uma força sobre-humana, arrancou-a do peito ferido. Deitado sobre o cadáver do pai, os soluços secos e doloridos sacudiam seu corpo, extravasando seu desespero.

Braços fortes, o tiraram dali e o levaram embora. Era a polícia que chegava e que levou todos para o albergue, de onde, depois de algum tempo, foram para a favela da Vila Prudente.

O cercado continua lá. Não foi derrubado.

A MORADA DOS DEUSES

A barriga avantajada e o excesso de peso dificultavam a escalada. O suor porejava em bagas grossas e contínuas. A boca aberta e a respiração entrecortada indicavam o esforço sobre--humano do velho alpinista.

Sua figura fazia parte — como os dedos de uma mão — daquela pracinha modesta, onde um coreto e alguns bancos eram a única ornamentação. E também no barzinho com mesas toscas, feitas de toras pesadas e inabaláveis, sua presença não passava despercebida. Afinal, jovens extravagantes com brincos nas orelhas tornaram-se tão comuns que ninguém mais presta atenção. Mas num velho risonho, corado, vestido com longos camisões brancos, calças invariavelmente bege e sandálias de dedão, aquelas argolas de ouro realçavam as orelhas como um farol em mar escuro.

Crianças o apontavam, puxando suas mães, e os adultos sorriam mais de espanto do que por gozação. Homem culto, sem dúvida. Sempre havia alguém disposto a se sentar ao seu lado para ouvir a conversa dele. Era estrangeiro, polaco ou alemão, russo, talvez. Ninguém saberia dizer. Na cidadezinha plácida, ternamente recostada na Serra dos Itatins, bem na base da última montanha (ou seria a primeira?) — até hoje conhecida como a Morada dos Deuses, nome que lhe deram os índios da região, encontram-se a cada passo moças loiras de pele dourada e casais de idade cortando a cidade de bicicleta, todos eles de origem eslava, misturando-se aos caiçaras de fortes traços indígenas.

Agora que a cidade foi descoberta pelos turistas e virou alvo da atenção de muita gente, ele julgou que era chegada a hora de pôr em prática um sonho há muito acalentado. Arrumou o mínimo necessário, pois sabia ser uma empreitada difícil, e deu inicio ao projeto.

Quando soube da lenda indígena sobre a Morada dos Deuses, sentiu uma atração irresistível por tudo que existia na cidade e foi ficando, jurando a si mesmo que um dia escalaria a montanha. Sempre tinha sido um estudioso das coisas inexplicáveis, e essa lenda da Morada dos Deuses não estava registrada em qualquer documento que já tivesse caído em suas mãos. Parecia até que ninguém nunca havia acreditado nela, ou, pelo menos, se preocupado em verificar se havia nela alguma verdade.

Pois diz a lenda que os deuses moraram muito tempo ali, naquela montanha, e que as cavernas onde habitaram ainda se encontram intactas, e que quando uma pessoa chegar até lá, se for bem-intencionada, passará, caso contrário, as aranhas, cobras, abelhas e até a vegetação a atacarão e darão cabo dela.

Outros fatos colaboravam para tornar toda a região motivo de interesse para ele: a lama negra do rio Peruíbe, antigo Iperoig, somente encontrada em outros dois lugares no mundo; o ar carregado de ozônio, tornando o local uma das maiores reservas de oxigênio mundiais; e, mais ainda, o magnetismo. Dizem que os navios passam ao largo, pois as agulhas magnéticas de suas bússolas sofrem inexplicáveis alterações. Ele próprio já havia observado, em dias sem nuvens, e em pleno céu azul, relâmpagos inexplicáveis nas alturas.

E assim o encontramos no meio de sua escalada, todo sujo, as mãos doloridas, molhado de suor, na base da pedra lisa e branca que fica mais ou menos na metade da subida. Até ali, havia sido razoavelmente fácil, na verdade mais fácil do que antecipara. Mas naquele ponto, verificou angustiado que seria impossível contornar a rocha lisa, quase vertical, sem nenhum apoio.

Procurou se ajeitar de maneira mais ou menos confortável, recostando-se numa pequena reentrância, e tratou de arrumar as coisas para passar a noite lá mesmo. O sol do outro lado do mar indicava que era tempo de descansar. Tirou de um saco plástico um sanduíche de pão preto e queijo, uma lata de cerveja e começou a comer.

Dali avistava toda a cidade aos pés da montanha. O manto verde-escuro do mar, debruado de rendas brancas, agitadas constantemente pelo vento incansável, que jamais abandona estas plagas, perdia-se ao longe, numa curva suave. O rio lento e escuro, de margens negras, volteava, deixando entrever pequenos barcos coloridos repontando aqui e ali.

A calma e o silêncio eram realmente enternecedores, o mar aguçado pela brisa branda agora se aquietava e somente o vento passava zunindo, assobiando suave.

O sol não havia surgido ainda, mas o mar já se tingia de laranja. Acordou com o corpo meio entorpecido pela posição incômoda, e de olho nas estrelas retardatárias ajeitou suas coisas, comeu outro sanduíche, bebeu outra cerveja. Saiu rastejando, buscando um caminho qualquer. A rocha parecia redonda, entranhando-se pela montanha. Grudou-se nela, apoiando os pés nas beiradas da base, onde o mato era curto e forte. Seguia lentamente, e antes que recomeçasse a vegetação notou algumas pedras colocadas umas sobre as outras, parecendo o início de uma escada.

Com muito cuidado, chegou até elas e viu que realmente poderia seguir; tateando, com medo de que cedessem, começou a subir. Logo em seguida, os degraus pareciam esculpidos na rocha. Examinou de perto e viu que realmente era assim, porém não saberia dizer se eram recentes ou não. Subiam ao longo da rocha, lisos e escorregadios. Com muita cautela e esforço, conseguiu avançar. Sentia-se esgotado. Parecia não ter mais forças e foi com uma alegria enorme que percebeu que os degraus terminavam em uma pequena plataforma. Conseguiu ficar em pé, pela primeira vez desde o início da escalada.

Virou-se para ver a cidade, mas percebeu que a escada rústica tinha penetrado pela rocha e não podia ver mais nada. Algumas árvores retorcidas, alguns arbustos e galhos secos pareciam encobrir um buraco escuro. Cauteloso, avançou. Era a entrada de uma caverna. A lembrança da lenda fez com que ele parasse alguns minutos, mas nada viu ou ouviu que o fizesse suspeitar de algum perigo. Continuou.

A caverna era bastante alta, e com muito cuidado, começou a adentrá-la, apoiando-se numa das paredes. Lembrou-se de fazer de tanto em tanto umas marcas na rocha, com um canivete que tirou do bolso. A escuridão era tão densa que buscou a lanterna dentro do saco plástico, mas logo em seguida, ao fazer uma curva, uma claridade suave e aveludada começou a clarear tudo. Apagou a lanterna.

Caminhou mais um pouco, agora mais confortavelmente, e então chegou a uma espécie de salão oval, que começava estreito, no ponto onde se encontrava, para ir se alargando logo adiante, talvez uns quinze ou vinte metros, e em seguida se afunilar em outra saída. O chão era sólido e ao mesmo tempo macio, parecia que seus pés recebiam pequenas vibrações. Havia algumas pedras em varias posições, parecia um salão de festas ou reuniões.

Sentia-se exausto. Sentou-se em uma delas, e imediatamente sentiu-se revigorado, uma estranha sensação de bem-estar. Começou a olhar atentamente cada detalhe. Estava tudo muito limpo, como se alguém tivesse cuidado de tudo para a chegada de novos ocupantes. Mas, além das pedras, não havia nada. Um brilho mais forte na parede oposta chamou sua atenção.

Um longo arrepio percorreu suas costas ao perceber que eram sinais, coisas escritas por alguém. Pensou em se levantar e examinar mais de perto, mas verificou que não era necessário, pois os sinais brilhavam com uma luminosidade estranha, algo assim como a sinalização de estrada, feitos com tinta fosforescente que refletem a luz dos faróis. A diferença é que eles brilhavam continuamente, sem que nenhuma luz mais ou menos forte incidisse sobre eles.

Nunca ouvira falar de sinais escritos com esse tipo de tinta, e já julgava estar vendo algum trabalho recente. Procurou distinguir o que era, ver se conseguia decifrar algum deles. Seus conhecimentos paleográficos eram razoáveis, mas por precaução trouxera consigo seu livro com todas as escritas já conhecidas compiladas. Retirou-o do saco plástico e começou a procurar algo conhecido pra poder se orientar.

Tudo indicava que haviam sido feitos há milhares de anos, quantos, ele não saberia dizer. Mas quanto mais examinava, mais se certificava de que não eram recentes. Por fim, pareceu-lhe reconhecer um deles, depois outro, mais um logo chamou sua atenção e para seu grande espanto, verificou que os sinais estavam estranhamente misturados, dificultando sua interpretação. Escreveu em seu caderno os sinais conhecidos com seu significado embaixo.

MONTANHA DEUSES TEMPO IR ÁGUAS
SOL NASCENTE HOMENS COM FORÇA
MÁQUINAS
LEVANTAM EDIFÍCIO FECHADO
SUBIR PEDRA SUL VINTE E TRÊS
PRINCÍPIO FIM

O que significariam aquelas poucas palavras, entrecortadas, entremeadas de outras sem significado e algumas que não conseguia identificar? Ficou longo tempo examinando os sinais para ter certeza do que conseguia escrever. As últimas palavras pareciam indicar uma direção, um lugar onde deveria haver uma janela ou coisa parecida. Voltou a olhar ao redor, cuidadosamente. Já mais tranquilo, a visão acostumada à quase penumbra, conseguiu distinguir na parede, ao lado dos sinais, um pequeno vão que parecia uma saída.

Resolveu entrar por ele e ver onde ia dar. Logo depois de um corredor, surgiu uma escada, suficientemente larga para uma pessoa forte como ele poder passar. Era quase vertical, com uma inclinação apenas suficiente para que subisse sem a ajuda das mãos.

Começou contando os degraus. Sabia pelos cálculos que fizera mentalmente que o "salão" deveria se encontrar bem no centro e quase no cume da montanha. Mas esses degraus pareciam não ter fim, então deixou de contar. O coração batia surdo nos ouvidos, na garganta. Seguia, cada vez mais lentamente.

Por fim, o clarão do sol feriu seus olhos. Deixou-se ficar recostado na parede fria da rocha por um longo período. Havia perdido a noção do tempo, não saberia dizer quando começara a subir a montanha. Pela posição do sol naquele momento, julgou que seriam quatro ou cinco horas da tarde. Notou também que se achava do outro lado da montanha. Levantou-se, e viu imediatamente algo como um mirante. Era uma pedra lavrada simetricamente, e bem no centro havia um espaço largo, que lembrava uma janela... na verdade parecia uma enorme luneta apontando para um determinado local, tendo em cima, gravados, novamente os sinais "VINTE E TRÊS" e "SUL".

A abertura era larga e ele se aproximou do buraco parecendo um mirante, onde o olhar ficava restrito a uma faixa que ia se alargando à medida que aumentava a distância observada. A Serra dos Itatins seguia serpenteando aqui e ali, ora ao lado do mar, ora ao lado do rio, ou se espraiando em vales verdejantes. Sem aquele mirante, não saberia onde procurar qualquer local, menos ainda o indicado, e seus olhos não estavam ajudando, mas percebia ao longe, num ponto distante, algo se movendo. Procurou no saco plástico os binóculos que tinha certeza de ter trazido. Limpou-os e os ajustou a seus olhos, dirigindo o foco para o ponto indicado e finalmente compreendeu a mensagem dos sinais.

Conseguia distinguir perfeitamente os caminhões, guindaste enormes e tratores derrubando árvores milenares, e, pasmo, viu o lugar onde seria levantado o EDIFÍCIO FECHADO e o PRINCÍPIO DO FIM: A USINA NUCLEAR DE PERUÍBE.

O QUARTO

A velha chapinhava pelas poças d'água sem prestar atenção aos gritos da molecada: "Velha Piola...Velha Piola!"

O apelido era uma alusão ao palhaço Piolin, que usava uns sapatos com as pontas arrebitadas; os dela, por serem de tamanho maior que seus pés, também tinham arrebitado as pontas que empurravam a saia preta no andar claudicante e vagaroso de quem já beira os noventa anos. Na cabeça, por baixo do lenço encardido, que um dia tinha sido branco, os fiapos de cabelo, sujos e cinzentos, deixavam transparecer o pergaminho das rugas de um rosto impassível de quem nada mais deseja; e nos longos lóbulos das orelhas, em meio a tanta sujeira, um brilho esverdeado de brincos, balouçando tremulamente, parecia vibrar.

Parecia ser sozinha e alheia, mas quando adentrava o portão de sua velha casa, vários olhos espreitavam seus movimentos. A casa havia se transformado num cortiço: para poder se manter, ela aos poucos foi precisando separar as salas e os quartos e alugá-los a estranhos, mas, com o passar dos anos, foi ficando "caduca" e se esquecia de cobrar os alugueis. Começou a pedir esmolas.

Os inquilinos fingiam uns para os outros que pagavam em dia, mas todos sabiam que ela já não pagava os impostos e que algum dia teriam que sair dali, então, enquanto ela estava viva, todos se aproveitavam, a vigiavam, sabiam a que horas saía e quando retornava de suas andanças e conheciam todos os seus hábitos. Parecia haver um relógio invisível que tocava para ela.

Às sete em ponto saia de seu quarto e executava todos os dias a mesma rotina: desdobrava um lenço encardido, onde uma chave grande estava amarrada; fechava a porta, virava uma, duas vezes a chave na enorme fechadura, retirava a chave, a enrolava no lenço e enfiava no seio, depois saía pelo portão afora. Só voltava à tardezinha, com o avental amarrado, cheio de coisas, parecendo uma barriga avantajada. Vagarosamente, repetia em ordem inversa os gestos da manhã: tirava o lenço do seio, desdobrava olhando o balançar da chave devido ao tremular constante das mãos recurvadas, e, sem pressa, a colocava na fechadura, virava uma, duas vezes. Parecia pressentir os olhares escondidos por trás das portas e janelas.

Um dia ela saiu e não voltou. A excitação da novidade tomou conta do cortiço.

— A Nonna não voltou!

O que teria acontecido? Ninguém procurou a polícia nem o hospital. Não fizeram nada, não estavam preocupados com a Nonna, muito pelo contrário, queriam que ela demorasse a voltar... A preocupação era uma só: o quarto.

Todos sabiam que ela havia sido muito rica e que não tinha parentes. Por entre as cortinas esgarçadas, podiam ver vários objetos espalhados, devia ter muita coisa de valor. E todos queriam ficar com tudo.

Passaram alguns dias. Discutiam.

— Vamos abrir o quarto! Quem vai abrir?!

— Eu sou o inquilino mais velho!

— Isso não quer dizer nada... sou quase parente... eu abro.

— Nada disso — disse um terceiro — todos juntos ou nada.

Decidiram esperar até domingo, quando então todos juntos abririam o quarto se a Nonna não aparecesse. Olhavam-se com desconfiança e vigiavam-se mutuamente, e enfim o domingo chegou, nada de Nonna, resolveram abrir e se reuniram em frente à enorme e velha porta, uma porta de duas folhas, bem antiga, com uma fechadura enferrujada.

— Arranjem uma chave de fenda, ou um martelo, para quebrar a fechadura...

Um dos homens aproximou-se da porta, olhou a fechadura, colocou a mão sobre o trinco... que abaixou e a porta se abriu. O susto fez com que todos recuassem. Olharam com cuidado e perceberam que a fechadura já devia estar quebrada há muito tempo, pois a ferrugem havia comido toda a parte interna, o hábito da velha de fechar à chave era inútil, apenas uma encenação bem executada.

A raiva foi tomando o lugar da surpresa e, aos empurrões, uns atropelando os outros na ânsia de serem os primeiros, foram entrando. A luz do sol penetrava pela vidraça, se embaraçava nas cortinas esfarrapadas e escorria pelo assoalho esverdeado pelo mofo. O cheiro forte paralisou por momentos a turba ávida de riquezas.

O colchão sobre a cama de pés quebrados, com tijolos como suporte, estava alto, como se estivesse sobre algo volumoso. Arrancaram de um golpe as colchas sujas e o colchão se desfez em um capim mal cheiroso que deixou à vista um monte enorme de tranqueiras, e por cima de tudo, uma cabeça de peixe seca e nojenta.

As gavetas da cômoda foram puxadas e caíram desmanteladas. Dentro, somente trapos, caixas de papelão cheias de botões, latinhas, figurinhas, pregos e parafusos, canecas desbeiçadas cheias de líquido e mofo. A cadeira de balanço, já sem treliças no assento, balouçava aos esbarrões, parecendo reclamar da intrusão.

O desapontamento transformou aquelas pessoas em feras e começaram a quebrar tudo. Jogaram tudo fora. Um lindo quadro de um menino azul, talvez o único objeto de valor, foi arrebatado de seu nicho e pisado, acabou rasgado e desapareceu sob o monte de lixo em que se transformou o quarto tão cobiçado. Com a avidez acalmada, aos poucos, já um tanto amedrontados, se refugiaram em seus cantos.

No mesmo dia, à tarde, um carro de polícia parou em frente à casa, o delegado convocou a todos e fez um comunicado:

— A senhora dona desta casa, Rosa Calegari, foi atropelada por um ônibus há alguns dias e faleceu ontem no Hospital Municipal. Deixou seus brincos de esmeralda, que valem uma fortuna, para quem fosse reclamar seu corpo para enterrar, mas como ninguém apareceu, os brincos e a casa serão doados para um orfanato. Vocês têm um mês para saírem daqui.

Quando ele se retirou a porta do quarto se abriu devagarinho, como se empurrada por alguém que saía de mansinho.

UMA CASA É UMA CASA... É UMA CASA... É UMA...

Quando a fábrica grande e poderosa se instalou em Santo André, no começo do século XX, não encontrou ali pessoas qualificadas em quantidade suficiente para preencherem os cargos de químicos, técnicos, farmacêuticos e engenheiros. Portanto, depois de instalada e no início das operações com produtos farmacêuticos e outros, como rendas e tecidos, tratou de importar do país de origem pessoal especializado, enfim, toda uma equipe preparada.

Foi assim que algumas dezenas de franceses vieram fixar residência na cidadezinha provinciana. A firma, para dar toda assistência a seus contratados, procurou boas casas para instalá-los pelas redondezas, nos locais que começavam a progredir, principalmente nos Bairros Jardim e Campestre, residências que oferecessem conforto e segurança para os que vinham da França, muitos de Paris, a "Cidade-Luz".

Algumas, pouquíssimas, ofereciam condições satisfatórias e para resolver o problema a firma comprou vários terrenos esparsos e bem localizados, e neles construiu casas boas e arejadas. Uma, principalmente, deveria ter todos os requisitos de uma mansão, pois seria destinada a um importante engenheiro químico, muito famoso, e que a peso de ouro se dignara a vir para a cidadezinha pacata.

Escolheram no Bairro Campestre um terreno amplo, meia quadra, numa avenida larga e não muito frequentada, lá construindo uma casa enorme, a tal mansão. Assim que ficou pronta, trouxeram o famoso químico, que já estava hospedado num luxuoso hotel em São Paulo há mais de um mês, junto com a esposa e filhos.

Chegaram já de tardezinha, o dia esmorecendo, em uma limusine, rara naqueles tempos, e desceram em frente à branca e solitária casa. O francês, um sujeito empertigado e emproado, torceu levemente o nariz, mas deu de ombros, como dando a entender que não seria ele quem iria dar palpites. Sua esposa, bem mais jovem, louríssima e elegante, dignou-se a dar uma volta, dentro e fora da enorme casa.

— Pierre, querido, sabe, não é de todo mal a casa! Mas você já reparou?

— O quê, *ma chérie*?

— Veja que lugar! Não há nada por perto! Nem luzes nas ruas, nem calçamento! Jamais eu viveria num lugar assim!!

— Ora, querida! Eu deixo o carro com o chofer. Sempre que quiser, ele estará aí para levá-la aonde quiser!

— Ah, não, não gosto de silêncio, você bem sabe! Aqui não vou morar...

— Você é que sabe... — disse ele.

Ela, fazendo beicinho, foi empurrando as crianças que corriam por todos os lados, alegres com a amplidão e a liberdade.

— Ora, Brigitte, você sabe que não posso voltar agora! Daqui a um ano, talvez!

— Ah! Você fica, eu vou com as crianças.

— Isto está fora de discussão. Vamos. Vou mandar que "eles" arranjem outra casa!

E lá se foram os franceses de narizes torcidos, de enfado

os adultos, de pena as crianças, pois bem que gostariam de morar naquela casa grande e isolada, com o quintal limpo de flores e árvores, onde poderiam correr o quanto quisessem. Já estava escurecendo e o lugar realmente não encorajava muito, era longe da rua principal, onde o movimento era maior, longe do centro da cidade, enfim, de bonita, só a casa, pois o resto era só mato. Uma cerca de arame farpado rodeava a meia quadra de terreno, nem uma outra casa por perto, nada, mesmo. Os sons dos grilos, dos sapos, todos os ruídos comuns em uma noite tranquila envolviam a casarona, brancona e única, com janelas altas e fortes, fechadas, portas ainda mais altas, saindo para terraços largos e de telhados curvos cobertos de telhas francesas. Muito branca, sobressaía no matagal como a lua que despontava no céu tingido de azul escuro.

Uma casa é uma casa... e não a quiseram. Vazia de sons, de luzes, de calor, nada representava... era apenas um imóvel. Seu aspecto de recém terminada, o cheiro da tinta fresca, o terreno inóspito à sua volta, sem flores, tudo, enfim, dava-lhe um ar de abandono, como se tivesse cem anos. Mas, uma casa é uma casa, e mesmo sem ninguém dentro... é uma casa. E como "casa" não podia sair andando à procura de alguém, de um dono que a quisesse, que cuidasse dela, e lá ficou por muito tempo, do mesmo jeito que a francesa a desprezou.

O mato cresceu impávido e sem cerimônia, por todos os lados. As sementinhas rijas, levadas pelos pássaros, grudavam-se como parasitas pelas paredes, pelo telhado, pelas calhas, e cresciam verdinhas, contrastando com o branco, agora já nem tanto. Os pássaros, felizes, penetravam sob o telhado e ali, no forro quentinho e silencioso, faziam seu ninho. O pó, o sol, a chuva, o tempo, enfim, maculavam a brancura da cal virgem e a descascavam, surgindo aqui e ali nódoas de ferrugem que estouravam no reboco, como lágrimas que escorriam e ficavam indeléveis nas paredes da casa.

Depois de longos anos abandonada, eis que alguns homens vieram e começaram a limpar o quintal, arrancando as ervas daninhas e abrindo um caminho até a entrada do terraço. Um deles, não muito alto, já meio calvo, se aproximou e examinou a casa com atenção: era sua velha conhecida, pois fora ele quem a desenhara, e não o decepcionou, mesmo com todos os estragos ainda era sua querida criação. Fora chamado para projetar a casa que seria do chefe e como teve a liberdade de criar, sem corte, engendrou-a como se viesse a ser "sua", como se isso fosse possível.

Depois de longos anos de trabalho árduo e economizando tudo que podia, pois sabia que estava abandonada e sonhava poder comprá-la, juntou uma quantia razoável e foi procurar os patrões com uma oferta de compra. Eles sequer se lembravam, ou melhor, nem sabiam da existência da casa, eram outros gerentes, muita coisa tinha mudado na empresa, a fábrica crescera vertiginosamente, não precisava mais importar pessoas especializadas e nem havia mais interesse em conservar essas propriedades, que nem mesmo sabiam quantas eram.

Foi mais fácil do que ele esperava. Com a escritura nas mãos, foi com emoção que chegou com alguns homens para limpar o terreno em frente à porta de entrada, na varanda de acesso. Abriu a porta e era como se caminhasse sobre sua própria emoção, levitava na alma e seu corpo correspondia na mesma proporção, seus pés pareciam asas, leves e ligeiros, levando-o por todos os cantos amorfos e cheirando a abandono. Suas mãos levantavam escamas nas pinturas, por todo lado. Teria que pintar tudo novamente, o que para ele era mais um motivo de alegria, pois as cores que imaginava não eram aquelas.

Sua vida a partir desse dia se resumia em ir para a fábrica e voltar correndo para sua casa. E "ela" parecia corresponder completamente àquele amor desmesurado. Resplandecia. A cada parede refeita, a cada janela pintada, a beleza de uma era a alegria do outro, e assim os dias iam se passando prazerosamente para ambos.

Comprou pequenas pedras brancas e fez um caminho sinuoso que ia do terraço ao portão, que também trocou por um de ferro fundido que ele mesmo havia desenhado e mandado fundir, ficando parecido com os portões do metrô de Paris na saída de Montmartre que sempre o haviam fascinado. Agora que tinha sua casa e colocava nela todo seu amor e inspiração, nada mais restava de lembranças doloridas. Não tinha mulher ou filhos, sua mãe, que nunca quisera sair de Paris, lá estava enterrada, e nem sequer se lembrava de algum primo ou outro parente. Sempre fora um solitário, e de todos os seus projetos de arquitetura, este da sua casa tinha sido o ponto alto de sua vida; agora que conseguira comprá-la e fazer dela seu maior tesouro, nada mais tinha interesse para ele.

A casa parecia concordar. Refulgia à noite, contracenando com a lua, e durante o dia se sobressaía das outras que agora já existiam pelos arredores. O jardim já exibia flores a mancheias, árvores ainda pequenas, mas frondosas e bem cuidadas, trepadeiras floridas escondiam o áspero arame da cerca e um gramado fresquinho e verde a rodeava.

Os caminhos de pedras brancas pediam para serem pisados. No terraço de ladrilhos vermelhos e brilhantes, forrados de tapetes floridos, duas cadeiras de balanço, silenciosas, pareciam à espera de alguém que as fizessem balançar suavemente. Vasos de flores, pendurados em correntes exibiam cachos de orquídeas douradas e outras flores exóticas.

A porta alta, de madeira trabalhada, tinha duas folhas,

e uma delas estava sempre aberta, à espera de que alguém entrasse. Entrando na sala, pensava-se estar em uma galeria de arte, tal era a profusão de coisas raras e belas. As poltronas de veludo azul com pequenas flores brancas contrastavam alegremente com a parede, de um laranja suave e fosco, enriquecida por quadros e colunas com esculturas. O gosto refinado e culto do francês ressurgia ali com muita força, e a cada dia a casa se enchia de mais objetos de arte, que ele comprava muitas vezes do próprio artista.

O tempo passava como nuvem em céu claro, sem deixar marcas ou lágrimas, mas o trabalho de limpar tudo aquilo e conservá-lo sempre bonito começou a cansar o francês, que nem era muito vigoroso. Seu corpo esbelto, não muito alto, começava a se curvar e seus cabelos grisalhos indicavam um envelhecimento precoce.

Pesquisou na fábrica, por entre as mulheres que lá trabalhavam, uma que estivesse disposta a trabalhar também aos sábados e pudesse fazer o serviço mais pesado da casa. Encontrou uma já não tão jovem, mas ainda forte, de braços roliços e rosto redondo e satisfeito. Combinaram o preço e no sábado seguinte ela iria à sua casa para ver o serviço.

Maria, assim era seu nome, adorou tudo, e começou no mesmo dia. Forte e decidida, nem perguntava o que tinha que fazer, era ele quem alertava:

— Aqui, não! Toma cuidado...

Dentro de um ano, Maria parecia ser a dona de tudo. Ele se abandonava aos seus cuidados, pois nunca havia sido cuidado com tanto carinho, nem mesmo por sua mãe. Mas também tinha mãos de ferro, a danada da Maria. Ele obedecia a todos os ditos e não ditos, pois só com os olhos ela já mandava mais que o dono.

Acostumou-se a ela. Não era bonita, mas tinha uns

olhos alegres e seu corpo roliço e de seios rijos bulia com seu desejo masculino. Como ela era solteira, resolveu casar--se com ela, que não se fez de rogada e começou a planejar o casamento.

— Quero uma festa aqui, certo? Finalmente as amigas da fábrica vão conhecer a nossa casa!!

Ele não discutiu, mas já começou a pensar em suas coisas... como ia ser... tremia só de pensar. Chegou o dia, foram à igreja, depois voltaram para casa e ela, tirando o vestido branco, que fizera questão de usar, entregou-se ao churrasco que havia preparado para as amigas. Ele, do alto da janela do sótão onde sempre se refugiava, observava com apreensão aquela horda de crianças correndo por todo jardim. Dentro de casa, então, devia ser ainda pior. Recusou-se a descer, imaginando suas coisas sendo derrubadas por algum desastrado.

Na hora do bolo, não houve meios de se furtar a aparecer. Ela subiu alguns degraus da escada do sótão e num chamado que, ele já havia descoberto, era mais uma intimação, resignadamente desceu de seu refúgio. Não foi tão difícil, e depois de abraços e comer um pedaço enorme de bolo, conseguiu se isolar novamente.

A casa vibrava com a música alta e barulhenta e tantas crianças correndo por todos os lados, e, pela primeira vez na história, quem olhasse a linda casa toda festiva, por certo diria:

— É uma casa... uma casa maravilhosa...

Os anos se passaram e o francês, que não era registrado, nem tinha seguro social ou aposentadoria, não gostando do novo chefe resolveu deixar o emprego e procurar outro serviço. Apesar do seu currículo perfeito, a idade não ajudava e foi desanimando. Sem o salário de todo mês, que Maria gerenciava há tempos, começaram a ter dificuldades para tudo. Ele regateava, hesitava em dar algum dinheiro que, ela sabia, devia ter escondido em algum lugar, e também não permitia a venda de nenhum objeto.

Maria, cansada de pedir, resolveu ir até à Rhodia e fazer o que muitas amigas faziam. Ia todos os dias até a fábrica e de voltava com um saco alvíssimo, cheio de rendas finas e maravilhosas, que precisavam ser "recortadas". Sentava-se no terraço na cadeira de balanço e com a tesoura na mão recortava, com uma habilidade incrível, metros e metros da mais fina renda. Não ganhava muito, mas dava para comprar comida e algumas coisas que queria.

Seus dedos já tinham calos duros, que nem sangravam mais, já não precisava ter tantos cuidados para não sujar as lindas rendas e assim ganhava melhor. O marido se embutia cada vez mais em seu sótão e só descia para comer. Um dia, não desceu, e depois de gritar e chamar diversas vezes, Maria acabou por subir as escadas e o encontrou debruçado sobre o sofá, já sem vida. Dias difíceis e confusos.

Maria ficou sozinha na casa solitária. Não suportou, e um mês depois, convidou uma amiga da Rhodia para vir morar com ela. Depois foi outra que precisava, outra de quem Maria gostava, e assim, novamente, a casa encheu-se de gente. Todas essas mulheres juntas começaram a levar seus homens para seus encontros, e então Maria começou a alugar os quartos para encontros amorosos... e a casa se transformou em bordel.

À noite, reverberava de luzes e estremecia com sons altos e escandalosos. Durante anos, a Casa da Maria, como ficou conhecida em todos os recantos da cidade e de outras da redondeza, foi casa de tolerância; continuava cuidada e bonita, afinal, os visitantes às vezes eram exigentes. O tempo passava, agora não tão ligeiro e já cheio de nuvens carregadas, que deixavam marcas e lágrimas. Maria envelheceu, as amigas também, e a casa também...

Os clientes já não eram tão exigentes. Tudo foi desmoronando, como se o peso dos anos e dos abusos pesassem não apenas nos ombros humanos, mas também sobre o telhado da velha casa. Tudo ruía, as telhas escorregavam e ninguém consertava. As goteiras aumentavam e as gotas d'água escorriam pelo forro, pingavam pelos lustres e esborrachavam-se no chão, encharcavam os tapetes e as poltronas, mofando tudo. Por fim, todas velhas e resmungonas, foram levadas para um asilo e a casa voltou a ser abandonada.

Mas uma casa... é uma casa, e lá ficou, cada vez mais feia e embolorada. O mato cresceu forte e alto, os eucaliptos que haviam sido plantados, ainda no começo, em toda a volta da cerca, cresceram e se multiplicaram formando um cerrado onde a casa ficava escondida. Um dia levaram a porta, que era de madeira maciça, toda trabalhada... Quem? Só ela, a casa, poderia dizer... depois uma janela, outra... a casa foi sendo depredada, como uma velha desdentada e sem proteção...

Mas era uma casa... e como uma casa, um dia foi descoberta por um grupo de sem- teto, que lá foram viver. A casa voltou a vibrar... a casa ainda era... uma casa...

— Dete, Dida, vão até lá na esquina, naquela vendinha, e peçam pra eles um pouco de comida... vão...

— Das Neves, ocê vai co'o pai, anda...

A mulher, desgrenhada e um tanto embriagada, com um pequeno garoto nos braços, andava pela casa em busca de um lugar para se sentar... o sofá azul desbotado, faltando um pé, todo rasgado, gemeu quando ela se jogou sobre ele...

A família não era muito grande, três meninas, o garoto doentinho, a mãe que vivia "meio" embriagada e o marido aleijado da perna esquerda, que o fazia mancar e tornava difícil qualquer trabalho que o forçasse a ficar em pé durante muito tempo.

A eles se juntou outra família de doze pessoas, entre crianças e adultos. Voltou a encher-se a casa abandonada, que apesar de estar sem janelas e portas, ainda tinha paredes fortes e protetoras de sons e de vida. Com panos, plásticos e pedaços de lona fecharam as janelas e portas e lá fizeram sua morada durante muito tempo, sem que ninguém os incomodasse.

O pai das meninas levava a maiorzinha junto com ele para os bares da vida, já com doze anos, loirinha e bonita, com os dentes já um tanto estragados, e a alugava para encontros, ali mesmo na viela do barzinho, onde ninguém "punha reparo". Dete e Dida, as duas menores, viviam pelos arredores, pedindo ajuda e comida. Meninas bonitas, apesar dos farrapos que as cobriam, eram sempre recebidas com carinho pela dona da vendinha, que já se acostumara a lhes dar um litro de leite e um pão que elas levavam para casa, comendo um bom pedaço pelo caminho.

Um dia, logo cedinho, a dona da vendinha ouviu gritos no portão, ainda antes de abrir a porta do negócio.

— Socorro... Dona... socorro...

— Que aconteceu, entra!

Dete, a garotinha da casa abandonada, entrou e mostrou um pequeno garoto para a mulher...

— Veja... o rato comeu a orelha dele...

O garoto, tiritando e com os olhos arregalados, não se mexia. A mulher pegou um cobertor, enrolou o garoto, colocou os dois dentro do seu furgão e os levou ao Pronto Socorro Municipal, onde os deixou. Tinha que abrir a venda. Então a assistente social "descobriu" onde moravam e levou ao conhecimento das autoridades, que no dia seguinte foram até lá com um caminhão, colocaram todo mundo dentro e os levaram para o albergue, de onde mais tarde foram para a favela da

Vila Camilópolis.

A casa? Ah! A casa foi demolida... Entre os escombros, atrás da grelha da falsa lareira, encontraram uma caixa cheia de papéis antigos e notas de dinheiro sem valor atual, mas valiosos para coleção, que foram entregues ao museu da cidade. Seus tijolos antigos e fortes foram levados para um depósito. As telhas "francesas", vermelhas e ainda fortes, foram limpas do limo e levadas também pelo próprio dono da companhia da demolição, que quando olhou para elas, disse para um de seus empregados:

— Levem estas telhas para a minha casa... são fortes e lindas, e com elas vou fazer uma casa de modelo francês, parecida com a que tinha aqui...

E assim, elas iriam novamente cobrir uma casa... pois uma casa é sempre uma casa, e em uma casa, quem há de saber quantas outras vidas viverão.

João de barro

Era a manhã em que ele completava dezessete anos. O bando de amigos, parentes e colegas rodeavam a mesa de guloseimas, já servidas, engolidas, as sobras jogadas.

Lá longe, no fim do jardim, sentado em sua cadeira de rodas, João olhava, indiferente, o livro pequeno e azul que alguém lhe trouxera de presente. O pássaro longo e branco voava tranquilo e sereno dentro do azul escuro da capa, onde se lia *Fernão Capelo Gaivota.*

Seus dedos frágeis e trêmulos, também esguios, traçavam uma linha suave em volta do pássaro. "Voar". Para ele teria mais sentido dizer "andar". Era tudo o que ele queria!

Não estava com vontade de ler. Ficou ali, acariciando o pássaro e olhando os amigos correndo, gritando, comendo doces e guloseimas. Estava cansado. Vez ou outra, alguém se aproximava e polidamente lhe perguntava se estava com fome, se queria beber algo.

A solicitude dos pais tinha nele o efeito de lembrar o peso inglório do seu fardo magro, ossudo e imóvel. Dependia para tudo dos que o rodeavam. As mãos eram fracas e tremiam, incontroláveis. Tudo tinha que ser feito com enorme sacrifício. Então, deixava-se ir sendo ajudado e a cada vez sentia-se mais necessitado.

Aquele pássaro luminoso, recortado no azul, o atraía de forma irresistível. Um pequeno cartão preso com fita adesiva chamou-lhe a atenção: "Para meu amigo, com afeto, Fernão." Seus olhos, de um negro profundo, onde a íris e a pupila se misturavam tranquilas e cheias de luz, percorreram o bando em algazarra. Fernão! Quem seria? Aquele rapaz novo, que se mudara há pouco para a casa ao lado? Lá estava ele, conversando com outros amigos.

A claridade, agora suave e fresca, da tarde querendo adormecer, trazia uma aragem fria que arrepiava. A mãe chegou, trazendo nas mãos a manta de lã.

— Já está esfriando, João. Não acha melhor entrar?

Ele não respondeu. Sabia que qualquer que fosse sua resposta, seria induzido a fazer o que outros queriam. A cadeira ia em ziguezague por entre os convidados, que esticavam suas mãos num ligeiro afago e rapidamente sumiam, para continuarem suas conversas.

Foi levado para dentro da sala. Ali, perto da janela de vidro, de onde se enxergava todo o jardim e até mais longe, onde o sol se punha, baixinho e vermelho, ele tinha um lugar só seu. A televisão, com todos os mecanismos modernos e sofisticados que não tinham mais segredos para ele, não chamou sua atenção, nem o aparelho de som, nem seus livros, suas coisas pessoais, réplicas de tudo que havia em seu quarto e tão manejadas que já haviam perdido o encanto que porventura tivessem tido um dia.

Deixou-se ficar, simplesmente. Algumas pessoas adentraram a sala e o rodearam.

— João, conta uma história pra gente?

— Conta, João. Gostamos tanto quando você conta histórias. Sabe tão bem falar sobre borboletas ou sementinhas!

Respirou fundo, Novamente sabia que não ia adiantar

dizer que não tinha vontade de falar, não naquele momento. Queria ficar só, mas iriam tomá-lo por envergonhado ou tímido e só o deixariam em paz se ele fechasse os olhos e simulasse algum mal estar súbito, coisa que aprendera rápido, para se livrar de alguém ou algo que o incomodava. Não podia simplesmente sair andando, pedir desculpas e se retirar, não, seria preciso que alguém, quem estivesse por perto, invariavelmente sua mãe ou a enfermeira, o atendessem, então, com os olhos perdidos de aflição, conseguisse fazê-las entender que queria ficar sozinho.

Mas hoje não queria incomodar ninguém, mesmo que para isso tivesse que incomodar a si próprio. A mãe, tão bonita e menos tensa, atendia os convidados, a enfermeira de vestido, sem aquele uniforme imaculado, estava tão melhor, e todos afinal estavam alegres e descontraídos. Não, ele não queria de maneira alguma chamar a atenção de quem quer que fosse para sua miséria.

Respirou fundo, pensando que, afinal, contar histórias era uma coisa que ele sabia fazer bem e da qual gostava, talvez até o ajudasse a se sentir melhor. As mãos afagaram tremulamente o pequeno livro, por baixo da manta. Ficou algum tempo em silêncio, e depois começou.

"Era uma hora como esta e eu, como sempre, estava como agora, nesta cadeira, neste lugar. Então ela chegou... era uma sombra, nem mais, nem menos. Densa, sem contornos ou fronteiras, somente sombra. Chegou de mansinho e esparramou sua amplidão por tudo. Não se fez de rogada, abraçava a todos igualmente, sem constrangimento ou perguntas. E a todos igualava. O branco ficava pardo, o preto ficava pardo, pardo era o gato; o verde, até onde a vista alcançava, pardo, o chão de ladrilhos vermelhos, a água da piscina, antes azul, agora parda. O céu inteiro, as nuvens e muito mais, tudo pardo e sombrio, como este cantinho, dentro da sala parda. Enquanto não chegasse alguém, era somente ela, a sombra, que fazia suas incríveis investidas. Debaixo dos móveis, ficava tão escura que era quase preta. Ali no vidro era parda-transparente, nas paredes era parda-esverdeada, contornava os quadros, embrenhava-se pelos cantos, escorria pelos tapetes, deixando-os todos pardos.

Comecei a gostar dela, e cada vez a procurava mais. Todas as tardes, esperava o momento em que vagarosamente ela adentrava a janela, a porta e, sem cerimônia, esparramava o pardo por tudo. Procurei me comunicar com ela:

— Como te chamas?!

Um suspiro quase imperceptível encheu os pardos todos.

— É você que suspira?

Somente o silêncio respondia. Voltei a perguntar.

— Como te chamas?

Nada. Um murmúrio de longínquos barulhos era a única resposta.

— Por favor, fale comigo. Não vê como estou só?

Ela não respondia. Somente aumentava gradativamente a sua presença parda. Já era muito densa, quase negra e então ouvi um sussurro rouco e lento. Parecia mais um choro.

— É você que chora?

— Eu mesma!

— E por quê?

— Ninguém gosta de mim!

— Eu gosto!

— É por isso que fico aqui muito tempo. Mas logo alguém vai chegar e eu terei que ir embora.

— Não vou deixar! E eu nunca vi ninguém mandando você embora!

— Ora, assim que chegam, acendem as luzes. Em todos os lugares é assim. Na estrada são os faróis que cruzam como chibatas, varrendo-me do caminho. Os postes altos me afugentam, no campo acendem fogueiras, no céu buscam as estrelas e a lua, na madrugada todos olham o horizonte esperando a luz do sol... ninguém me vê...

— Nunca tinha pensado sobre isso...

— Ninguém pensa.

— O que posso fazer por você?

— Nada... você pensa que gosta de mim, mas na verdade é só porque eu igualo você a tudo o mais, você também fica pardo e seus olhos gostam de olhar para você assim, impreciso, indefinido. Mas quando você aprender a gostar de si mesmo como é, também não vai mais querer ficar na sombra.

Antes que eu pudesse responder, minha mãe entrou na sala e acendeu todas as luzes, não pude nem dizer adeus. Agora, quando ela volta, assim como neste momento, e nos torna todos pardos, pardos e iguais, sinto-me bem e tenho vontade de ficar aqui para sempre."

Alguém acendeu as luzes. O grupo, que por algum tempo parecia uno e igual, tornou-se rapidamente um bando variado e barulhento. Dali a pouco, todos partiram.

Mais tarde, no seu quarto, debaixo dos lençóis perfumados e macios, novamente envolto na densidade parda e amena, sentiu vontade de se levantar, pegar o livro azul com o pássaro branco e ler suas mensagens. Mas o livro fora deixado em cima da mesinha e não estava ao alcance. Novamente a sensação desesperadora de inutilidade angustiou sua garganta e pressionou seu peito. A campainha era um pequeno ponto pardacento, mas ele se negava a apertá-la.

O dia seguinte, chuvoso e pardacento, quase igual aos seus pardos momentos da tarde, era um convite para embrenhar-se numa leitura. O pai entrou no quarto apenas pelo tempo suficiente para pô-lo na cadeira, não mexeu em nada, não teve sequer tempo para um beijo. Veio-lhe à mente o livro azul. Conseguiu, com algum esforço, virar a cadeira e dirigiu- -se até a mesinha. Não estava lá. Olhou tudo. Tinha sumido. Ele tinha certeza de que tinha estado lá durante toda a noite. O azul-pardo da capa recoberta de plástico brilhava, e ele até tinha sonhado com ele. Mas agora não o via mais.

O café foi servido pela empregada, que avisou que sua mãe tinha saído, mas voltaria logo. Se precisasse de algo, era só chamar. Tampouco mexeu em nada. Ele nunca tinha desejado tanto uma coisa como desejava aquele livro. Nem saberia explicar por quê... Começou a se desesperar. Onde mais procuraria? Ir até a sala sem ajuda era impossível.

Foi então que alguma coisa começou a mudar em sua vida. Ele se negava a continuar sendo uma coisa inerte, que dependia sempre de alguém para qualquer coisa que quisesse. fazer. Olhou em volta. Buscou algo que lhe parecia impossível de alcançar e propôs-se a fazê-lo. Tudo longe. Inalcançável. Só ele mesmo estava ao seu próprio alcance.

Desabotoar a camisa do pijama! — pensou. Nunca iria conseguir. Seus dedos tremiam constantemente, e era impossível segurar coisas pequenas. Começou a mentalizar sua mão. Desejou com toda força controlar, por poucos momentos que fosse, o movimento que levaria sua mão até perto do botão.

Foi preciso muita concentração, e foi como uma vertigem empurrar o braço inerte e pesado até que seus dedos chegassem perto do primeiro botão, com muito cuidado, pois bastava um pequeno descuido e o braço cairia inerte sobre o regaço. O outro braço realmente não queria obedecer. Foi preciso muita concentração até que o viu ir vagarosamente se levantando, como essas aves pesadonas que desaprenderam de voar e que algumas vezes se esquecem disso, batem as asas descontroladamente e conseguem planar por alguns metros. Uma sensação estranha invadia seu corpo. Não parecia mais seu braço, era algo grande, morno, que subia vagarosamente, com as mãos crispadas e recurvadas, mas sem tremer. Isso o alegrou tanto que quase esqueceu o esforço que estava fazendo, e o braço estremeceu e abaixou um pouco.

Voltou a se concentrar. Seus dedos agora estavam tão perto do primeiro botão, lá em baixo, que sentia pela primeira vez o contato frio e liso do plástico de que era feito. Agarrou-o com dois dedos. Era frio mesmo! Apertou-os mentalmente até sentir os dedos firmemente agarrados ao pequeno botão, que nesse momento sumia dentro do aperto. E agora? Nunca tinha reparado em como desabotoavam suas roupas!

Ficou examinando detidamente o botão logo acima daquele que segurava tão triunfalmente. Era isso. Deveria agora, com a outra mão, segurar aquela pequena abertura feita na beirada da camisa e passá-la pelo botão. Na verdade já devia até ter visto um desabotoar, mas parecia-lhe tão desnecessário aprender que jamais se preocupara em olhar com atenção.

Pegar a outra ponta da camisa não ia ser tão fácil como tinha pensado. A mão que agarrava o botão parecia grudada nele, tão firme segurava e tão desajeitada que não dava espaço para que a outra mão conseguisse passar a abertura por ele. Começou a falar com as mãos.

— Vamos, faça de conta que você é aquele belo pássaro branco, que estava tão leve na capa azul. Levante somente um lado dos dedos. Vamos, isso... Agora a outra mão... vamos, segure a abertura!

Os dedos se abriram com ímpeto e ao soltarem o botão, o braço, sem aquele apoio, caiu pesadamente. Fez novamente o esforço para levá-lo até o botão, e assim tantas vezes que nem percebeu o tempo passar.

A mãe chegou, e cheia de culpa por sua demora, re- dobrou seus cuidados. Desabotoou rapidamente sua camisa do pijama, levou-o ao banho, cuidou de tudo, só não notou o novo e incrível brilho nos olhos de filho, que espiava tudo de forma diferente.

Perguntou sobre o livro. Ninguém o tinha visto. Na ver- dade, nem estava mais interessado. Sentia que o pequeno livro não lido tinha algo a ver com esse desejo incontido de contro- lar seu próprio corpo, e não encontrá-lo era um detalhe sem importância comparado ao desejo de continuar sua aventura: desabotoar sua camisa de pijama.

Depois de alguns dias, seus braços já se erguiam com alguma rapidez. As mãos quase não tremiam. Pegou o pri- meiro botão sem apertar demais, até conseguiu friccioná-lo suavemente, sentindo uma incrível sensação. Os dedos ainda oscilavam levemente, mas não impediam mais o controle dos movimentos.

Era o primeiro botão, lá embaixo na camisa. Os braços ficavam ligeiramente apoiados nas pernas e isso facilitava o controle. Depois de uma série de tentativas e gestos bem estu- dados, eis que seu esforço deu resultado. Conseguiu! Um grito triunfante escapou de seus lábios, mas era apenas o começo. Devia ir subindo cada vez mais, até desabotoar a camisa toda, antes da mãe ou da enfermeira. Era um desafio.

Perdeu a noção dos dias. O tempo passou e se transfor- mou apenas no "tempo decorrido" para obter um movimento diferente, a cada um conseguido uma sensação de vitória, de conquista, como se o objetivo, a meta a ser alcançada fosse algo de que dependesse sua vida.

Olhava para as mãos que já não tremiam tanto e já se sentia recompensado. Não queria mais sair do quarto, não deixava mais que tirassem seu pijama e percebeu nos olhos da mãe uma angústia incontida.

— João, meu filho, vamos para a sala. Eu levo você até a janela, está um sol tão gostoso! Eu visto aquela camisa azul que você gosta. Vamos?

Sua recusa era vista com apreensão. O médico foi chamado. O pai começou a ficar um pouco mais perto dele, e toda essa preocupação atrapalhava um pouco o seu esforço, mas ele não dizia nada. Nem mesmo quando trocavam seu pijama e o colocavam novamente todo abotoado, não dizia nada. Era um desafio maior, começar, recomeçar, uma, duas, dez, mil vezes.

As mãos iam e vinham como pássaros soprados pela ventania, pareciam duas asas abertas, longas, brancas, planando suaves em alguns momentos, agitadas e descontroladas em outros. Depois, como numa decisão firme de quem só vê o alvo, mergulhavam rápidas, seguravam o pequeno botão e num movimento único, harmonioso e belo, volteava-o dentro da abertura da casa e o livravam completamente.

A cada botão livre, seu coração batia descompassadamente, até o último, que ele agora tentava em primeiro lugar. Já estava quase conseguindo. O objetivo atual era conseguir desabotoar a camisa toda antes que o pai ou a mãe chegassem.

Sentiu que tinha chegado o dia. Já desabotoava e também abotoava a camisa em um tempo razoavelmente bom, não havia mais necessidade de continuar escondendo o seu esforço de ninguém.

A manhã nasceu linda, e quando a mãe abriu a janela o sol adentrou ligeiro e afugentou todo e qualquer pardo que porventura estivesse por perto. A mãe fazia os gestos costumeiros, ajeitava a cadeira de rodas, limpava a mesinha de cabeceira, arrumava as coisas que ninguém desarrumava; pegou-o no colo (era ainda sua criança), colocou-o na cadeira e ia começar a tirar seu pijama quando ele falou:

— Não, mamãe, hoje sou eu quem vai desabotoar o pijama!

— Como?

— Isso mesmo que você ouviu, vou DESABOTOAR O PIJAMA!

Era quase como se dissesse "vou andar"... A mãe ficou ali, parada. Seus olhos seguiam cada gesto do filho, parecia que o via pela primeira vez como um homem, não como a criança que havia sido sempre.

Sentir que estava sendo observado, mesmo que fosse por sua mãe, dava-lhe um gosto antecipado de alegria. Sorria suavemente, tudo nele resplandecia. Sentia-se leve, como uma nuvem flutuando, como aquele pássaro branco em voo livre, como luz, jorrando por todos os cantos.

As mãos obedeceram sem titubear. Elevaram-se graciosas, segurando suavemente o primeiro botão, que giraram soltando-o da casa como uma criança saltitante. A seguir o outro, mais outro, e em poucos minutos, a camisa estava aberta. Então segurou as duas pontas, com força, esticando-as para os lados, exibindo orgulhoso o peito desnudo.

A mãe ficou ali, parada, ou melhor, paralisada. O pai, que tinha vindo para levar a cadeira para baixo, estava na porta, de onde havia observado a cena.

O silêncio macio, o sorriso no rosto de João — que já não se sentia feito de barro —, o sol esvaziando o quarto de todos os seus pardos, tudo estava fixado num momento de extrema felicidade, e nenhum dos três se atrevia a quebrar o encanto.

Esta obra foi composta em Minion 11/14.
Impressa com miolo em off-set 90g e capa em cartão 250g, por
Createspace/ Amazon.